Scrittori
180

MARC DUGAIN

LA STANZA DEGLI UFFICIALI

Romanzo

Traduzione di Francesco Bruno

PONTE ALLE GRAZIE

Titolo originale:
La chambre des officiers

ISBN 978-88-6833-904-3

In copertina: photo by adoc-photos / Corbis via Getty Images
Progetto grafico collana «Scrittori»: ushadesign
Progetto di copertina: Luigi Altomare / *the*World*of*DOT

Ponte alle Grazie è un marchio
di Adriano Salani Editore s.u.r.l.
Gruppo editoriale Mauri Spagnol

Il nostro indirizzo Internet è www.ponteallegrazie.it
Seguici su Facebook, Instagram e X
IL LIBRAIO.IT il sito di chi ama leggere

A Eugène Fournier

La guerra del '14, io non l'ho conosciuta. Intendo: la trincea fangosa, l'umidità che ti entra nelle ossa, i ratti neri in pelliccia invernale che sgusciano tra rifiuti informi, gli odori frammisti di trinciato e di escrementi mal interrati con, a coprire il tutto, un cielo metallico uniforme che si sfoga a intervalli regolari come se Dio non la finisse più di accanirsi sul povero soldato.

È questa la guerra che non ho conosciuto.

Me ne sono andato dal mio paesino della Dordogna il giorno della mobilitazione. Mio nonno mi ha aiutato a lasciare alla chetichella la casa di famiglia nel silenzio dell'alba per evitare inutili effusioni. Ho caricato il mio zaino sulla carretta del vecchio André. Al ritmo del dondolio della groppa della sua giumenta bruna, abbiamo preso la direzione di Lalinde. Soltanto sulla discesa della stazione lui si è deciso a dirmi: «Vedi di non star via troppo a lungo, figliolo, sarà un'annata coi fiocchi per i porcini».

A Lalinde, una decina di giovanotti baffuti, con la

giubba tirata a lucido, si lasciano abbracciare da madri dalla faccia rubizza e in lacrime. Mentre guardavo il vecchio André allontanarsi, uno con un faccione dagli occhi come biglie mi si è avvicinato timidamente.

Era Chabrol, un tale di Clermont-de-Beauregard che non rivedevo dalle elementari. Se ne stava lì solo soletto, senza famiglia, senza saluti. Era intimorito al pensiero di prendere il treno per la prima volta, si preoccupava dei cambi. Per tirarsi su, beveva a piccoli sorsi da una borraccia che portava appesa alla cintola. Era un miscuglio di acquavite di prugne e di Monbazillac. Ne aveva tre litri nello zaino, tre litri per tre settimane di guerra, perché gli avevano detto che i tedeschi li avremmo sbaragliati in tre settimane. Quella specie di grosso chierichetto dallo strano odore di vino da messa mi si mise accanto senza più staccare gli occhi da me.

Il trenino si è mosso traballando, diretto a Libourne e, da lì, a Parigi. Nella capitale, cambio di treno, direzione gare de l'Est. La stazione era piena di gente. Un frastuono assordante, urla, pianti, persone che si danno la voce, il fischio stridulo delle locomotive. Arrivati davanti alla sbarra che nessun civile era autorizzato a oltrepassare, ho indicato a Chabrol il suo treno. Allora lui mi ha preso la mano, l'ha stretta a lungo tremando.

«Suvvia, arrivederci, Adrien, e a presto. Grazie per la compagnia. Magari ci rivedremo al fronte...»

«Se non al fronte, sarà al paese, caro Chabrol. E abbi cura di te. Non fare l'eroe».

«Non c'è pericolo. Puoi starne certo, non c'è pericolo!»

Gli ho rivolto un ultimo cenno da lontano prima che si lasciasse risucchiare dalla marea che saliva verso i treni.

Poi mi sono intrufolato, ho sgomitato, ho dovuto liberare più volte lo zaino incastrato fra un padre che nascondeva pudicamente la commozione e una madre che agitava timidamente il fazzoletto.

Fradicio, smangiato dal sudore che mi colava fra gambe e pantaloni di lana, decisi di fare una piccola sosta per riposare la spalla ammaccata dallo zaino.

Quando alzai gli occhi, una donna in lacrime, davanti a me, teneva la mano a un giovinetto gracile infagottato nella divisa, che cercava di non cadere dal predellino del treno, sballottato da coloro che salivano. Tirai fuori il pacchetto del tabacco. Le porte del treno si chiusero. Mentre il coscritto veniva aspirato all'interno, la giovane gli fece segno con la mano. Era già scomparso. Poiché lei restava lì, sul marciapiede, non trovai di meglio da fare che rivolgerle la parola.

«Non preoccupatevi, sarà questione di qualche settimana».

Lei non rispose.

«È vostro marito, per caso?»

Lei mi guardò per la prima volta. Era incantevole e triste.

«No, il mio fidanzato».

Urlai, per farmi sentire: «In quale arma è?»

«Fanteria, come tutti gli altri».

E aggiunse, per cortesia più che per reale interesse: «E voi?»

«Genio. Non si direbbe, vero?»

Lei sorrise con discrezione alla mia battuta. Accennò a fare un passo in avanti, sentii che stavo per perderla per sempre.

«Prenderò un treno più tardi» dissi con precipitazione. «So che non sta bene, ma vorrei invitarvi a bere qualcosa. Siamo in guerra in fin dei conti!»

Lei annuì in modo vago.

Ebbi l'impressione di trasformarmi in cane per ciechi. Lei mi seguiva quasi barcollando, affranta. Ci sedemmo a un tavolino all'aperto di un grande bar davanti alla stazione, e lì, piano piano, lei tornò alla vita. Io rivedevo il viso del soldato dai baffi spioventi, con la giubba che gli ballava sulle spalle concave. Seduto accanto a lei, entrambi con la faccia rivolta al viale animato da una circolazione febbrile, non osavo fissarla, ma sentivo in me la trepidazione di una storia che cominciava.

Lo sguardo fisso, pareva che lei non vedesse la folla che andava e veniva. Ogni tanto, prendeva il bicchiere, si bagnava le labbra e tornava subito a posarlo. Non ci dicemmo granché. Seppi soltanto che era musicista, che si chiamava Clémence, che il soldato era compositore, amico di Debussy, di Fauré e di tutta una sfilza di musicisti famosi di cui non avevo mai sospettato l'esistenza. Che viveva a Montmartre in mezzo agli artisti, che conosceva bene il pittore norvegese Edvard Munch, che i suoi futuri suoceri erano tanto stupidi quanto generosi e che detestava la campagna.

A sentir ciò, mi parve davvero poco brillante raccontarle che ero un povero ingegnere specializzato nella costruzione di ponti per le ferrovie, al culmine di un'ascesa che era iniziata con un nonno maniscalco e un padre amministratore di un castello appartenente alla Compagnie des Eaux, che ero sempre vissuto in campagna o in cittadine di provincia, che avevo cominciato a lavorare a

Parigi nel mese di maggio, e che la guerra non mi aveva lasciato il tempo di conoscerne granché.

I suoi occhi si animarono un poco quando mi domandò se c'era qualcuno che aspettava il mio ritorno dalla guerra. Le risposi che non avevo legami di sorta. Lei se ne sorprese. Sospettava che fossi un seduttore; ne avevo il fisico, diceva.

Come spiegarle che, dell'amore, conoscevo soltanto quei vaghi sentimenti che avevo provato a scuola per le ragazze delle classi superiori? E che, di donne, ne avevo avute ben poche... La prima si chiamava Ernestine Maillol. Poco importa il suo nome, d'altronde. Era la figlia del notaio del distretto, caricatura del borghese irascibile. Fu con lei che imparai a conoscere le donne, in un fienile, sulle terre del castello amministrato da mio padre.

In seguito, ne avevo conosciute altre con le quali avevo avuto relazioni episodiche, a volte tenere ma mai appassionate. Mi ero accorto, sì, di piacere a quelle donne, quando coglievo una loro occhiata di soppiatto, ma che fretta c'era? avevo così tanti anni davanti a me per sedurle e amarle.

Clémence si mise allora a parlare della guerra. Una mostruosità, ripeteva ad alta voce. Voleva provocare, era evidente, e io mi sforzavo di moltiplicare i sorrisi rassicuranti in direzione di coloro che, ai tavoli vicini, mi parevano sul punto d'intervenire per far cessare quello scandalo. E, siccome si trattava di una donna, non era difficile immaginare che era me che avrebbero fatto a pezzi. Preferivo lasciare questo piacere ai tedeschi.

Adesso lei era sull'orlo delle lacrime e se la prendeva con Dio, perché era la fede a spingere gli uomini a fare le guerre. «Se non ci fosse questa fottuta credenza nella vita eterna» diceva, «gli uomini non andrebbero al macello con tanta determinazione!»

A scuola dai gesuiti per due anni per insistenza di mia madre che era donna di chiesa, al contrario di mio padre il cui credo era più che altro quello di non contrariare sua moglie, ero presto entrato a far parte di un gruppetto di sostenitori dei valori pagani, e in particolare della raccolta di porcini nei boschi nella stagione delle castagne. Per poter usare la scaletta che permetteva di superare il muro di cinta durante le ore di studio, bisognava dare la parola d'ordine. Alla domanda: «Chi è Dio?» si doveva rispondere: «Dio è un ometto senza cazzo». Attribuirgli la responsabilità di quella guerra significava dunque per me fargli un grande onore. Soli responsabili erano i tedeschi, e io non avevo motivo di pensarla diversamente.

Più Clémence alzava la voce, più appariva fragile. Pregava per le mani del suo pianista. Una falange, sarebbe bastato che perdesse una falange perché la sua vita fosse rovinata per sempre. Non un braccio, una gamba, un occhio, soltanto una piccola falange.

Poi smise di parlare come se la molla che l'animava si fosse scaricata completamente.

«E adesso, cosa farete?» mi domandò dopo un silenzio.

«Non so, tornerò nell'appartamento che ho qui, e prenderò un treno per le Ardenne verso le cinque. Non sono i treni che mancano, oggi come oggi. Non dormo a casa mia da una settimana. Ero andato in Dordogna per il funerale di mia nonna. E voi, cosa pensate di fare?»

«Non ho in mente niente. Tornerò a casa e basta».

«Clémence, chiedo scusa in anticipo per questa sciocca domanda e stabiliamo pure fin d'ora di non parlarne più, ma il vostro amico, il pianista, lo amate? Non siete obbligata a rispondermi, naturalmente».

«Sì, lo amo, è ovvio. Ma forse voi desiderate che io risponda alla domanda che non mi avete posto...»

Percepì il mio turbamento, il mio imbarazzo. Non mi era mai capitato di dovermi confrontare con la complessità. Era per me una cosa nuova, sconcertante e un po' inebriante.

Lei proseguì: «La vera domanda che vi fate è: 'E adesso?' Ebbene: e adesso?»

«La mia risposta, che voi siete libera di dimenticare all'istante, è che questa guerra dovrebbe durare poche settimane, pochi mesi forse, in un universo popolato di uomini. Se è scritto che io, lì, debba conoscere una donna, questa sarà china sulla mia barella per arrestare un'emorragia. Voglio dunque immaginare che potrei forse passare queste ultime ore con voi. Nel rispetto dei vostri impegni, s'intende».

Il suo sguardo si diluiva tra la folla turbolenta dove lei lasciava vagare i suoi occhi azzurri. Avevo una gran paura che si alzasse e mi piantasse lì. Si limitò a dire: «Portatemi dove vivete!»

Chiamai un fiacre e partimmo.

Vedevo in Clémence una donna moderna. Non sapevo bene cosa fosse una donna moderna ma, se questa esisteva, Clémence doveva esserlo. Le donne che avevo conosciuto fino a quel giorno non si comportavano a quel modo.

Clémence studiò il mio appartamentino in rue de Milan come se dovesse rivelarle tutto ciò che non era riuscita a scoprire o a indovinare sul mio conto. Perfino la stufa di ghisa assunse un'importanza che non le avevo mai attribuito.

Scrutò le mie pile di libri. Erano soltanto testi tecnici sulla costruzione di ponti e gallerie. Qualche libro di storia militare, ma disperatamente nulla sull'arte, sulla letteratura, nulla che potesse stabilire un legame con il suo mondo di artisti, di spiriti liberi.

Trovavo sorprendente il contrasto fra il mio antro umido e scuro e il portamento altero di quella donna. Un paio di calzini e delle bretelle sbrindellate mi irridevano da un angolo della stanza, abbisciati sul parquet polveroso.

Assunsi un'aria condiscendente: «Da parecchie settimane non mettevo piede in questo appartamento; si è lasciato andare. E non c'è pericolo che migliori».

Un soggiorno, una cameretta, un bagno, una cucina minuscola: non proprio quanto si potesse sognare di meglio per ciò che ci aspettava. Ma a lei poco importava.

La sua domanda mi sorprese e m'imbarazzò.

«Non vi pare che la paura accresca il desiderio al punto di renderlo insopportabile?»

Cercai di conformarmi alla sua forma mentis, al suo distacco, alla sua disinvoltura: «Forse fra qualche settimana sarei in grado di rispondervi meglio, ma non sono sicuro che sia quella la prima preoccupazione di chi sente il freddo di una baionetta che gli preme sulla gola».

«Voi sapete benissimo che non parlo di paura fisica, bensì di quella paura diffusa, interiore, intensa di cui non si sa come liberarsi, che s'insedia e poi se ne va senza preavviso».

«È un tipo di paura del tutto sconosciuta al mio paese, si direbbe più appannaggio della gente di città».

Avrei mentito dicendole che il desiderio che provavo nasceva da una sorta di paura metafisica o anche dall'apprensione della partenza per la guerra. L'uomo di campagna sa di esser soltanto l'anello di un tutto governato da leggi semplici e che, quanto al resto, voler saperne di più significa tormentarsi invano. La gente di città è il centro di un mondo che ha fatto lei stessa. Ne muore, rosicchiata dall'interno dal dubbio.

Il tempo passava in fretta, Parigi era sempre più silenziosa. Dovevo prendere il primo treno del mattino, alle quattro e quarantacinque. Dopo, sarei stato dichiarato disertore. Mi strappai alle lenzuola umide, barcollando per ricostituire pezzo per pezzo il puzzle della mia uniforme. L'illuminazione pubblica proiettava un fascio di luce che attraversava la stanza per andare a posarsi su di lei, bianca. Cercai di svegliare Clémence per sussurrarle qualcosa, ma lei dormiva profondamente.

Passai nella stanza accanto, scribacchiai due righe su un pezzo di carta grande quanto bastava perché lei lo vedesse svegliandosi.

Clémence, io parto, vi lascio l'appartamento; potete riposarvi per tutto il tempo che vorrete. Siate così gentile da infilare, andandovene, le chiavi nella cassetta della posta e soprattutto da lasciarmi il vostro recapito a Parigi affinché io lo trovi al mio ritorno. Sul punto di partire, vorrei soltanto dirvi l'importanza che avete assunto nella mia vita. Abbiate cura di voi.

La baciai un'ultima volta alla base del collo, e me ne andai in guerra.

Se il mio zaino non fosse stato così pesante, avrei fatto salti di gioia strada facendo, salti da un piede all'altro, come un bambino che abbia trovato una grossa moneta nella cunetta del marciapiede e pensi che gli durerà per tutta la vita.

C'è un tempo di fine estate, bello, caldo; l'aria è leggera. Ci siamo acquartierati nei pressi di un villaggio della Mosa, non lontano dal fiume. I soldati affluiscono al campo. Carrette trainate da cavalli da tiro requisiti. Ragazzi in azzurro e rosso, diciott'anni, gli occhi gonfi di sonno per la notte in treno. Hanno l'aria seria di chi ha una gran voglia di fare e di fare bene. Andirivieni in tutte le direzioni. Si attaccano i cavalli, si staccano, si carica e si scarica mercanzia a tonnellate, viveri, coperte, tende, travi, tavole. Il 6° reggimento del genio si dà un gran daffare. Viene da pensare di essere nel pieno di una manovra. Sono tutti tipi dall'aria risoluta.

Ho una tremenda voglia di dormire. E mi ritrovo a sognare, cullato dalla bruma di calore che viene a offuscare il mio sguardo posato sui rami degli alberi le cui foglie fremono nella brezza mattutina. Nella fragile quiete di quella giornata d'anteguerra, pensieri sparsi si mescolano confusamente. Clémence, questo nuovo amore, così breve ma così intenso che mi turba tanto quanto m'incanta.

Mio padre, portato via dal cancro soltanto due anni fa. Un melone che, senza dargli dolori, gli cresceva sul fegato lo ha ucciso a quarantasette anni, mentre lui era al culmine della gioia per il successo di suo figlio ingegnere e ufficiale. A ogni nuova generazione, la famiglia s'innalzava un po' di più nel sapere e nella considerazione sociale, e quel secolo si annunciava sotto i migliori auspici; non restava che riprendersi l'Alsazia e la Lorena. E la mia sorellina così tenera con quel fratello di otto anni più grande, cui lei dava ascolto come a un padre. Mia madre, con il cervello come un groviera, la sua vulnerabilità portata in luce dalla morte di mio padre, il quale la proteggeva anche se la tradiva sistematicamente ogni giovedì, quando andava al mercato di Bergerac nel suo calessino e ne approfittava per far visita a una signora non più giovane che viveva dietro la chiesa e aveva fama di essere molto brava a intostarlo agli uomini per pochi franchi.

E mio nonno, la cui ultima occhiata al momento della mia partenza la diceva lunga su quella paura del prussiano che gli era rimasta dalla disfatta del '70, di cui serbava il marchio indelebile sotto forma di un colpo di lancia inferto da un ulano che l'aveva caricato alle spalle. Al pranzo che era seguito alla sepoltura di mia nonna, quando il sellaio aveva detto con sicumera a mio nonno che avremmo avuto ragione dei tedeschi in pochi giorni, lui aveva risposto: «Mi ricordi la storiella del matto che scommette con gli amici di ingoiare tre grosse pietre piatte. Gli amici tornano un'ora dopo e gli chiedono: 'Allora, come andiamo?' Il matto risponde: 'Ne rimane soltanto una'. E aggiunge, abbassando lo sguardo: 'Più le due che ho in bocca'».

Per mio nonno, con i tedeschi era la stessa cosa.

*

«Signor... signor tenente!»

Il giovanotto concitato dagli occhi sporgenti che mi strappa brutalmente al dormiveglia è Chabert, il maresciallo del mio reparto. Un militare di carriera curvo come un croissant, che balbetta per come è ansioso di fare il suo dovere.

«Si...signore, il comandante di compagnia vuole vedervi nei... nei suoi alloggi».

Il comandante è un tipo imponente, panciuto. Una bella testa, ma l'amabilità un po' politica di chi vi vuol bene finché fate quel che vi dice di fare, non lo mettete in cattiva luce con i superiori, e che, con quello stesso sorriso affabile, vi abbandonerà al vostro destino non appena cominceranno i guai.

«Ecco, Fournier, vi ho fatto chiamare perché esaminando il vostro fascicolo e i vostri stati di servizio ho visto che voi siete un autentico specialista dei ponti mobili».

«Diciamo pure così, signor comandante».

«Ingegnere della Scuola Nazionale di Arti e Mestieri, tre anni di servizio militare nel genio, qualche prezioso mese di esperienza nel genio civile. Tutto ciò mi sembra eccellente. A proposito, avete per caso un legame di parentela con un Fournier ingegnere dei Ponti, colonnello in carica allo stato maggiore? Vostro padre, magari?»

«Proprio no, signor capitano. Mio padre è morto».

Lo sento deluso dal fatto che il suo subordinato non possa essergli utile presso i suoi superiori.

«Dunque, Fournier, vi ho convocato per affidarvi una

missione. Vorrei che prendeste il comando di un drappello incaricato di reperire i siti più adatti all'installazione di ponti mobili sulla Mosa».

«Quando bisogna partire, signor comandante?»

«Più presto è, meglio sarà. I tedeschi si avvicinano. Li si aspetta sull'altra sponda domani, al più tardi dopodomani. Per il momento si resta su questa posizione ma, naturalmente, pronti all'offensiva. Conto su di voi, Fournier».

Poi, lo sguardo vago, come se riuscisse a stento a dissimulare l'apprensione: «Domani all'alba. Voi e due sottotenenti per le localizzazioni. Dovrebbe bastare».

Apre il cassetto e tira fuori una bottiglia di grappa probabilmente requisita in una fattoria abbandonata.

«Un goccetto, tenente?»

La guerra non è ancora cominciata e lui ha già paura. Sono le nove di mattina e mando giù una prima sorsata. Attraverso la piazza del villaggio diretto al mio reparto. Sento delle urla, dello scompiglio, gente che corre in tutte le direzioni, vedo Chabert che salta come un indiavolato.

«Cos'è 'sto bordello, Chabert?»

«Si...signor tenente, c'è... c'è un guaio».

Riprende fiato.

«I cavalli, signor tenente».

Avanzo, scostando i soldati semplici che armeggiano disordinatamente.

Uno dei miei ragazzi giace a terra, mezzo sventrato, la testa tenuta sollevata da due suoi compagni.

«In nome di Dio, cos'è successo?»

Chabert, che sembra rimpicciolito di metà, mi spiega: «Si...signor tenente, un ardennese intero, è stato lui a colpire. U...una impennata, signor tenente».

«Chi è il coglione che ha avuto l'idea di portare qui uno stallone? Da quando in qua si requisiscono interi di una tonnellata senza prima tagliare loro le palle?»

Mi avvicino al ragazzo. Un filo di sangue gli cola dall'orecchio fino al collo.

Ecco la prima vittima del mio reparto, un ragazzetto sventrato da un ardennese. Un contadinello che muore schiantato da un cavallo. Il suo sguardo diventa fisso, la testa gli si piega di lato, le labbra socchiuse. Mi tolgo il berretto e rimango per qualche secondo in silenzio. Dico a Chabert di andare a chiamare il cappellano del reggimento. Questo contadinello era sicuramente cattolico.

Il primo giorno di scuola è finito.

Mi sono svegliato all'alba. Il campo dorme. Fra quarantacinque minuti suonerà l'appello, ma per il momento nulla si muove. Si sente soltanto il ticchettio della brezza mattutina sulla spessa tela delle tende del vettovagliamento. Mi dirigo a passo tranquillo verso le scuderie improvvisate negli annessi di una canonica.

Nella penombra, si vedono soltanto groppe di cavalli di tutti i pelami: sauri, grigi pomellati, neri, bai. Dei mezzosangue, delle selle, delle tirelle, tutto quello che, dalle fattorie ai castelli, è stato possibile requisire in quarantott'ore. Gli stallieri avvisati il giorno prima hanno preparato tutto. Sella e briglie sono state posate su un cavalletto di fortuna. Il cavallo è stato strigliato e spazzolato all'alba. È un baio bruno balzano da tre. Ha un bell'occhio dal contorno depigmentato che gli dà un'aria furba. Arrivano i due sottotenenti tirati a lucido.

Mi domando in quale reparto il comandante li abbia

scovati, 'sti due. Spero soltanto che si reggano in sella. Ho già avuto un morto per sventramento. Rammento loro che si tratta di una ricognizione, non di una caccia al cervo. Abbiamo una quindicina buona di chilometri da percorrere, e credo che sarebbe bene essere di ritorno prima di mezzodì. I tedeschi non sono più molto lontani sull'altra sponda.

Seguiamo una strada di alzaia che costeggia la Mosa. Il sole è uscito da uno strato di nuvole argentee e comincia a far sentire il suo ardore. La campana di una chiesa, in lontananza, batte sette colpi. Mattine così, ne ho conosciute a centinaia con mio padre e mio nonno: l'umidità del suolo che esala i suoi odori di muffe e di funghi, la luce filtrata dalle foglie, la campagna all'alba, e soltanto il rumore degli zoccoli dei cavalli e il tintinnio dei loro finimenti. I due sottotenenti mi stanno dietro, aggrovigliati nelle redini, le punte dei piedi conficcate nelle staffe. Al minimo sparo li ritroveremmo fra gli orecchi delle loro cavalcature.

La mia mente divaga, la lascio vagabondare. Immagino Clémence al mio fianco, stesa contro di me in riva a un fiume. Avrei dovuto parlarle di più. Adesso è troppo tardi. Al ritorno, le dirò... Ha già preso possesso di me.

Non credo in Dio, ma ciò non m'impedisce di pensare che esiste una buona stella, e io conto sulla mia. Certi uomini incontrano la morte prima di altri, e io sono convinto che l'uomo che riflette sulla morte la allontana. Come se dialogo e vigilanza tenessero a distanza il nemico. A Liorac viveva una vecchia guaritrice e la gente arrivava da molto lontano per consultarla; i suoi rimedi erano tanto efficaci quanto cattivo era il suo odore. Si vantava di possedere doni di veggenza e diceva sempre a chi le chiedeva consiglio che il suo destino dipendeva da quello dei suoi morti che vegliavano su di lui. E, poiché conosceva tutti per un raggio di venti chilometri, compiangeva i poveretti di cui non ignorava l'ascendenza e la sapeva popolata soltanto di morti cattivi. Io ero sempre stato convinto che chi vegliava su di me era il mio bisnonno, morto a novantotto anni mentre sturava una seconda bottiglia di Pécharmant per consolarsi della propria decisione, presa il giorno prima, di smettere col tabacco. Con un avo simile non posso morire in guerra.

Ci avviciniamo alla riva. I miei due uomini conversano. Faccio loro segno di tacere. In quel punto la Mosa si restringe. È lì che i reggimenti di prima linea dovranno attraversare, stasera o domani. Farò un rilevamento, prenderò delle quote. Cerco nelle bisacce un quaderno e una matita. Dove ho messo i binocoli? Il mio cavallo ha un trotto così scombinato che la mia vescica strapazzata rischia di esplodere. Smonto. Mi metto contro una betulla.

Una detonazione, molto vicina. Un sibilo di un quarto di secondo. Ho il tempo di vedere una testa che si stacca da un corpo che cade in ginocchio, un cavallo che crolla. L'altro sottotenente, che era rimasto in sella, piomba a terra dalla mia parte, la spalla strappata, l'osso che esce come da un prosciutto. Ho l'impressione che una scure mi sfondi la base del naso. Poi la luce si spegne.

Il ragno tesse la sua tela. Lentamente. Sicuro del fatto suo. È nell'ordine delle cose. Il ragno aspetta la mosca. La mosca s'invischia nella sua tela. La mosca ha perso. Non si lagna. Non esiste dramma in natura.

Quella mosca che si sfinisce negli ultimi e inutili spasmi è la prima immagine del mio ritorno alla coscienza. È sopra di me, appesa a quel soffitto bianco opaco il cui intonaco si screpola.

Subito, una seconda immagine viene a sovrapporsi alla prima: il disotto del mento e le punte dei baffi di due uomini intenti a dialogare che, le braccia conserte, mi lanciano ogni tanto un'occhiata senza vedermi. E io sento lontani i frammenti di una conversazione che sembra quella fra un ufficiale e un chirurgo.

«Gli daranno la Legion d'onore, finché c'è ancora tempo. La vostra diagnosi?»

«Temo la cancrena gassosa, signor capitano. È stato trovato sei giorni fa, e pare che agonizzasse sul posto almeno da due. Qui è arrivato stamattina. Nell'ambulanza non hanno osato toccarlo. Era certamente il primo di questo genere. Le sue ferite sono una poltiglia di pus. Le materie purulente hanno invaso la cavità. Per sfortuna – giacché le sue sofferenze si sarebbero abbreviate –, uno schizzo di fango ha bloccato l'emorragia dell'arteria linguale, il che spiega come mai non si è dissanguato completamente».

«Dunque cosa pensate… la Legion d'onore?»

«C'è ancora tempo, signor capitano».

Chiamo a raccolta le poche forze che mi restano per stringere la manica dell'ufficiale, voglio azzardare qualche parola, ma non viene niente. Allora, con un segno della mano, gli faccio no, mostrandogli il punto in cui di solito si appendono le medaglie. Vedo la sua aria sorpresa, prima di perdere di nuovo i sensi.

Vengo svegliato qualche ora dopo da un dolore così forte e diffuso che non riesco a localizzarne l'origine precisa. I miei piedi si muovono, entrambi. Le mani anche. Ciascuno dei miei occhi penetra la penombra. Sono intero. Con la lingua, faccio il giro della mia bocca. In basso, va a posarsi sulle gengive della mascella inferiore: i denti sono stati polverizzati. La parte alta si annuncia invece come un corridoio senza fine; la mia lingua non incontra ostacoli e, quando va a toccare le cavità nasali, decido d'interrompere questa prima esplorazione. È da tutto questo vuoto che viene il dolore.

Di nuovo, vedo muoversi sopra di me due menti. I due uomini sono in camice bianco. Nuovo tentativo di parlare, che sfocia in un gorgoglio sordo come il lamento di un grande mammifero.

I medici non si sono accorti del mio tentativo fallimentare e continuano a discorrere sul mio caso. Due lunghe cinghie mi tengono mani e piedi fissati alla branda e m'impediscono il minimo movimento. C'è una grande agitazione in questo corridoio che somiglia a una stazione di smistamento. La guerra è dunque cominciata per davvero. Non sono stato vittima di un colpo di avvertimento.

«Al pronto soccorso hanno preparato una cartella, ma è illeggibile. Coperta di saliva e sangue mescolati».

«Vediamo un po'. Distruzione maxillo-facciale. Osservate, amico mio! Asportazione totale delle parti che vanno dalla punta del mento fino a metà naso, con distruzione completa del mascellare superiore e del palato e conseguente abolizione della barriera fra la bocca e i seni nasali. Distruzione parziale della lingua. Messa a nudo degli organi del retrobocca che non sono più protetti. Infezione generalizzata dei tessuti lacerati con comparsa di pus».

E prosegue: «Valutiamo i problemi! Rischio di cancrena per infezione delle parti colpite. Rischio d'infezione delle vie aeree e delle regioni polmonari per assenza di protezione. Rischio di anemia per difficoltà di alimentazione del ferito attraverso le vie boccali e nasali. Conclusione, Charpot: ora voi mi trasferite questo povero diavolo nelle retrovie. Destinazione Val-de-Grâce. Per quel che ne so, soltanto là si può fare qualcosa per lui. Sempreché non sopraggiunga la cancrena. Nel frattempo, pulite le ferite. Preparategli un ordine di trasporto con vagone sanitario. Non trasporto fluviale, richiede troppo tempo. Cercate di alimentarlo almeno una volta, prima della partenza, con sonda nasale. Non toglietegli le cinghie. Soprattutto se è cosciente al momento di nutrirlo. Rischia di soffrire».

«Nient'altro, maggiore?»

«Nient'altro, Charpot. Nell'attesa, non lasciatelo qui. Le sue piaghe sprigionano un lezzo tale da far stramazzare tutti quelli che ancora si reggono in piedi».

Rimango per lunghe ore in quello stato. Perdo via via quella strana lucidità che avevo durante i miei primi risvegli. Faccio un sogno. Sempre lo stesso. I miei occhi sono fissi su dei fondi di bottiglia che scintillano girando mentre io mastico una grossa palla d'argilla. La febbre si propaga alle mie articolazioni come una sorda ustione. Grava sulla base del mio cranio per sprofondarmi in questa branda fatta di spessa tela tesa, che mi sembra soffice per come quel poco di sensibilità che mi resta è tormentata dalle ferite.

No so più dove sono; ho l'impressione che la morte sia qui nei pressi che si aggira indecisa. Dietro la tenda opaca del mio delirio, riesco comunque a percepire che c'è dell'agitazione. Distante, sento un barelliere che si rivolge a un'infermiera: «Lo cambiamo di posto per la notte. Questi coglioni si sono resi conto soltanto adesso che è un ufficiale! E che perciò non si può lasciarlo in una stanza comune per la sua ultima notte al fronte».

All'alba, l'infermiera che china la testa su di me ha grandi occhi azzurro mare. Una leggera peluria le costella il mento. Cerca qualcosa nel mio viso. Anche lei si occupa di me senza vedermi. Quando finalmente si rende conto che esisto, decide si rivolgermi la parola. Traduce la mia domanda dall'intensità del mio sguardo.

«Vi faccio mangiare, tenente. Vedrete, è una buona zuppa».

Mi parla come facevano le suore con la mia vecchia

zia, rattrappita nella poltrona accanto alla finestra, quando dovevano mettersi in due per schiuderle le mascelle, vecchie porte arrugginite da anni di assenza.

A dire il vero, il sapore della zuppa mi preoccupa meno del modo cui lei ricorrerà per introdurla. La risposta non si fa aspettare.

Il mio primo pasto da sveglio mi viene servito attraverso un tubo di gomma sormontato da un piccolo recipiente che contiene la zuppa. Quando si alza il recipiente, la zuppa scende. E viceversa. Semplice fisica.

«Metteremo questo nel naso. Dovete smettere di respirare dal naso e farlo soltanto con la bocca».

Mi tratta come un deficiente. Probabilmente perché sbavo. Un uomo che sbava è per forza un povero scemo.

La zuppa mi entra dentro dalle cavità nasali; soffoco, mi dibatto, l'infermiera mi dà pacche sulla schiena; il mio stomaco si contrae, ho il singhiozzo. E ancora, e ancora.

Sei barelle sono allineate davanti all'entrata dell'ospedale da campo. Per ragioni che ignoro, alla fine si è rinunciato al vagone sanitario. Ci portano a Parigi in ambulanza. Doppia fila di tre cuccette sovrapposte, per sei feriti gravi. E due barellieri che si danno il cambio al volante. Bisogna contare almeno dodici ore di viaggio in quel veicolo prima di raggiungere Parigi. Mi sistemano in basso a sinistra, dietro l'autista. Non ho la forza di alzarmi per vedere chi sono i miei compagni di viaggio. Quello che mettono alla mia altezza non deve avere più di diciott'anni. Ha un profilo d'angelo con gli occhi chiusi. Le coperte seguono la sagoma del suo corpo fino alla base delle ginocchia, poi si afflosciano brutalmente.

L'ambulanza parte, e con essa i gemiti dei miei compagni. Un sergente di fanteria, di cui scorgo i gradi su una manica che penzola nel vuoto, implora la madre fra un singhiozzo di bimbo e l'altro.

Per tutte quelle ore, il mio solo orizzonte è il telo di lino della cuccetta sopra di me, con una macchia di sangue che si allarga col passare del tempo come su una carta assorbente.

Il dolore ai seni nasali si risveglia per diffondersi in tutti i tessuti del volto. Mi ritrovo a sognare quell'oppio di cui parlano i grandi viaggiatori e che potrebbe allentare la tenaglia che mi rinserra la bocca. Il concerto di gemiti si spegne pian piano, come se ognuno lasciasse a turno il coro per sprofondare nel buio. Le porzioni di selciato hanno avuto ragione delle fratture esposte.

Il soldatino dai capelli biondi riposa, il volto livido. Dall'inizio del viaggio, non si è mai svegliato. Mi ricorda un ritratto a penna dell'Aiglon sul letto di morte,* che avevo visto in casa di mio nonno, su un numero del secolo passato del *Magasin pittoresque*.

Dopo molte ore, l'ambulanza si ferma nel cortile di un ospedale. Non possiamo essere già arrivati. Gli sportelli del veicolo si aprono per far salire un medico. Dopo un rapido esame dei sei feriti, il dottore ordina, indicandoli col dito: «Portate via quei due lì, sono morti. Ne abbiamo altri due da darvi».

Si cambiano i conducenti come in passato si sostitui-

* Figlio di Napoleone Bonaparte e di Maria Luisa, Napoleone Francesco Giuseppe Carlo, detto l'Aiglon (l'Aquilotto), morì a soli ventun anni. (*N.d.T.*)

vano i cavalli nelle stazioni di posta. Si porta via l'Aiglon, il cui corpo pietrificato dalla rigidità cadaverica tiene testa agli spigoli dell'ambulanza. Poi è la volta del vicino che mi sta sopra; la cuccetta si è succhiata quel poco di sangue che gli rimaneva. Si sistemano i due sostituti e si riparte. Il mio nuovo vicino cerca di parlarmi.

«Di' un po', sai dove si va?»

Cerco di rispondere. Mi esce soltanto qualche bolla d'aria, come se stessi masticando sapone. Non un solo suono. Rassegnato, lui si rintana nel suo cantuccio e avvia un lungo soliloquio.

Il caldo aumenta e io sento dei crampi alla faccia, come se ogni muscolo si contraesse, poi tutto si trasforma in un'immensa nevralgia dove ogni terminazione nervosa segue il proprio spartito.

Il soldato che parla da solo si rivolge alla madre, le racconta della sua guerra. Ha paura che lei lo rimproveri, le ripete che non ha fatto nulla di male e che i tedeschi gli hanno buttato una granata tra le gambe.

L'ambulanza sobbalza sui selciati; sento lo stridore continuo delle sospensioni. Senza la cinghia, sarei già sul pianale. A forza di sudare e sbavare mi è venuta sete. Una sete che diventa ossessiva, al punto che mi domando se non sia preferibile il dolore.

L'ambulanza si ferma in aperta campagna. Gli sportelli si aprono, lasciando entrare l'aria tiepida del giorno che muore. Compaiono i due autisti; hanno un'espressione strana.

«Santo Dio, che fetore!»

Io non sento niente. Mi rendo conto che ho perso l'olfatto. Non me n'ero accorto, finora. L'aria che arriva mi porta una vaga sensazione di frescura, ma non il minimo profumo di quei deliziosi pomeriggi estivi.

Le due grosse borracce di tela che ci portano mi rimandano alla mia preoccupazione immediata. Gli altri cinque feriti vengono dissetati con grandi schizzi. Quando tocca a me, l'autista fa una smorfia e chiama il collega.

«Di' un po', non siamo attrezzati per far bere 'sto qua».

«Può anche darsi che sia addirittura sconsigliato. Se facciamo una cavolata, poi lisciano il pelo a noi. Lasciamo perdere, resisterà pure fino a stasera».

Gli sportelli si chiudono. Il convoglio riparte.

Il motore, sempre più rumoroso, mi fa temere il peggio: una notte senza bere in aperta campagna. Alla fine mi assopisco sulla cuccetta mentre la febbre che sale attenua i miei dolori per disidratarmi ancora di più.

Quando mi sveglio, la pioggia martella il tetto dell'ambulanza. La bassa velocità e i cambi di direzione mi fanno supporre che siamo entrati in una città. Un'ultima infilata di selciati, il crepitio del ghiaino prima di immobilizzarsi. Gli sportelli si aprono. Ci tirano fuori l'uno dopo l'altro. Cerco di aprire la bocca ai goccioloni dello scroscio. Chissà che non si debba aspettare il parere di un generale medico per farmi bere! E io che non posso dir niente. E quand'anche potessi, non ho niente da dire.

La stanza riservata agli ufficiali è vasta come un atrio di stazione. Alti soffitti bianchi fessurati, più lunghi che larghi, e una decina buona di finestre a croce guelfa che danno su uno stretto cortile: immagino che sia il posto dove passeggiano i convalescenti. È un po' presto per i convalescenti. I primi feriti cominciano soltanto ora ad arrivare; quelli che vengono inoltrati qui, nelle retrovie, sono i più gravi.

I letti metallici sono stati allineati con cura davanti alle finestre, lontano dalle correnti d'aria. Ogni particolare, l'ordine meticoloso che governa questa sala fanno pensare che ci si aspetta l'arrivo di molta gente. Le coperte fanno angoli retti impeccabili, le padelle sono disposte con cura sotto i letti.

Sono il primo ad arrivare a questo piano degli ufficiali feriti al viso. Questi letti vuoti saranno via via occupati da uomini che non sanno ancora nulla del destino che li aspetta. Per loro, la sorte è ancora indecisa. Una gamba, un braccio, una scheggia di bomba nella pancia, nella testa... o semplicemente una proroga di qualche settimana.

Coloro che mi raggiungeranno avranno ricordi di battaglie, di combattimenti corpo a corpo, di grandi offensive, mentre io sono rimasto tagliato fuori senza aver mai conosciuto uno scontro a fuoco, nemmeno lo sguardo del nemico, e non potrò mai raccontare ai miei figli che faccia hanno i tedeschi. Dovrò inventarmi baffoni ed elmetto chiodato.

In quei primi giorni di settembre, le ferite al volto mi fanno soffrire meno di questa sconfitta senza battaglie, dell'assurdità di un destino che non mi sono scelto io, e nemmeno l'ho contrastato.

La mia testa è fasciata da bende che mi lasciano scoperti soltanto gli occhi e la bocca. Probabilmente quanto basta per dare al mio viso una qualche espressione.

Poiché siamo soli lui e io, in quell'atrio di stazione ferroviaria, l'operaio intento ad armeggiare al di sopra di ogni singolo letto mi rivolge la parola. È un uomo troppo anziano per fare la guerra e troppo giovane per non fare niente.

«Sembra di essere tornati al '70, no? Si arretra. Si dice che entro dieci giorni saranno su Parigi. Se è poco brutta, 'sta faccenda... Io dico: eccome se lo è! Ci vuole il sacro fuoco, sennò è la disfatta. Comunque, dite, vi hanno conciato proprio per le feste i crucchi, eh? E dove vi hanno ridotto così? Nelle Ardenne? Non potete parlare? Devono avervi proprio maciullato, se vi hanno portato fin qui! Anche se non potete parlare, potete sentire, no? Ieri, facevo due parole con la sorvegliante al piano, non la bassina secca col pelo sul mento – lei non è una capa –, no, dico la chiattona che parla volentieri con tutti. Diceva che si aspettano di ricevere degli esemplari rari, qui, e stando alle sue parole nella vostra stanza metteranno soltanto quelli a cui hanno demolito la faccia... via: soltanto ufficiali sfigurati, ha detto. Hanno fatto lo stesso con i marmittoni giù di sotto, e lì c'è già quasi pieno. Degli ufficiali, voi siete il primo: una gran fortuna, non vi pare? Se non altro potete sceglervi la cuccia. È proprio pensando a questi clienti che mi hanno chiesto di togliere tutti gli specchi. Voi capite... le brutte sorprese che potrebbero esserci. Con le sbarre alle finestre, però, io non c'entro, quelle c'erano già».

Poi, smontando l'ultimo specchio: «Vi avranno anche sconciato, qui però siete cascato bene. C'è bello pulito. Poi, vedrete, ci sono delle pollastrelle fra le infermiere... E voi siete un eroe, per quelli come voi è più facile. E poi, siccome non si vede cosa c'è dietro le bende, loro, le tipe, s'immaginano le sette bellezze. Via, vi lascio, spero soltanto che non ci sia bisogno di evacuarvi verso il sud. In ogni modo, nello stato in cui siete, non avete più niente da temere. A presto rivederci, signor ufficiale».

Gli specchi scomparsi hanno lasciato grosse ombre rettangolari sopra ogni letto.

La prima a entrare è l'infermiera, capo chino, sguardo deciso. Poi viene il medico, uno alto un po' curvo, sulla quarantina, l'andatura sciolta. In tre falcate è davanti al mio letto.

«Buongiorno, tenente. La solitudine vi pesa? Temo che altri compagni siano già per strada. Stasera forse, o domani al più tardi. Non soffrite troppo?»

E, senza aspettare la risposta, che io non posso dargli: «Non siete il tipo che si lamenta, vero? Bene! Vi dico qual è il programma. Vi alimenteremo. Dovete rigenerare sangue e osso. Vedrete, qui siamo la punta di diamante. Fra due o tre giorni vi opereremo. Rimettiamo un po' di ordine. Poi, riposo, e ancora riposo, e dopo si passerà alle cose serie. Tutto ciò richiederà tempo, certo, ma a voi il tempo non mancherà. Nessuna fretta di tornare al fronte, immagino...»

E, come per darmi coraggio: «Se la guerra si protrae un po', avrete senz'altro occasione di tornarci con un volto nuovo fiammante. Vi garantisco anche la ricrescita dei baffi. Passerò tutte le mattine. Vi forniremo una lavagna e dei gessetti, fino a quando non tornerete a parlare».

Poi, in tono confidenziale: «Sapete, siete fortunato. La faccia fa un po' impressione, ma non ci sono complicanze. Ottima capillarità vascolare. Niente cancrena, contrariamente a ciò che pensava la vecchia scuola. Dovete badare a due cose soltanto: respirare bene e mangiare bene. Il resto è compito mio».

Infine, ad alta voce, rivolto all'infermiera: «Allora, oggi è lunedì. Lo farete mangiare tre volte al giorno fino a domani sera. Mi serve a digiuno per mercoledì mattina, intervento alle sei. Se soffre davvero molto, fategli un po' di morfina. Ma che non ci prenda gusto. Non ce ne sarà a sufficienza per tutti, se l'andazzo è questo. A presto, tenente».

L'infermiera ha il viso amabile di quanti consacrano la vita agli altri senza mai preoccuparsi di loro stessi. Mi solleva nel letto.

«Vi faccio mangiare».

Torna qualche minuto dopo, un gran vassoio di legno sulle braccia, che posa sul comodino. La zuppa fuma in una scodella. Pezzetti di carne striminziti in un piatto bianco. Una pinza con i becchi che s'incrociano. L'infermiera versa la zuppa in un recipiente che somiglia a una testa di anatra. Con le pinze, schiaccia i pezzetti di carne che vanno a mescolarsi alla zuppa. Mi infila in gola il becco dell'anatra, che rigurgita il suo intruglio. Ma chi dei due somiglia di più a un'anatra, lo strumento o io che vengo ingozzato? Ho il presentimento che questa estenuante manovra si trasformerà in un rito senza fine, e che io non potrò mai più mangiare senza anatra o masticatore.

L'infermiera torna a trovarmi mentre cerco bene o male di abituare il mio stomaco a lavorare da solo. Parla forte come se fossi sordo, oltre a tutto il resto.

«Vi ho portato una lavagna, dei gessetti, se avete qualcosa da dirmi, e dei fogli di carta e una matita per scrivere alla vostra famiglia. Bisogna che diciate loro dove siete».

Dispongo in tutto di quattro foglietti. Non posso dunque permettermi di sprecarne. Ho un solo pensiero: mettere tempo e distanza fra i miei e me. Voglio starmene in disparte, non essere un motivo di preoccupazione, ancor meno di trepidazione.

Mi applico dunque a stendere una lettera ancor più rassicurante che se fossi al fronte, fra un combattimento e l'altro.

Cara mamma, caro nonno, care sorelle,
vi scrivo da Parigi, più precisamente dall'ospedale Val-de-Grâce. Sono stato ferito da una granata tedesca durante una ricognizione. Niente di grave. Nessuna par-

te vitale interessata, né occhi, né gamba, né braccio, soltanto la clavicola intaccata. Una buona notizia per voi tutti: non tornerò al fronte. Qui, mangio bene, le infermiere si prendono cura di me, una vita da pascià. Devo rimanere qui alcune settimane per evitare complicazioni. Non è il momento per voi di salire al nord. Restate dove siete. Scenderò io non appena possibile. C'è un po' di caos e i feriti affluiscono numerosi. Ecco perché le visite non sono permesse. Dite allo zio e alla zia Chaumontel di non muoversi, sarebbe vano per il momento.

Dunque, rassicuratevi: per me la guerra è finita, io ho fatto il mio dovere ed è quello che più conta, vi scriverò il più spesso possibile. Se non riceveste niente per parecchie settimane, sappiate che è colpa delle poste, perché vi assicuro che, qui, non può accadermi più niente.

Chiudendo la lettera, ho la sensazione di aver guadagnato un po' di tempo, e mi sorprendo a sperare che la guerra duri ancora a lungo.

Mi rimangono tre fogli. Sono per Alain Bonnard, il mio più vecchio amico. Dalla scuola elementare fino al servizio militare non ci siamo mai lasciati. Soltanto in questo momento le nostre strade si sono separate. Bonnard è nato con una mano anormale. Le dita della sua mano destra sono rimaste quelle di un bambino di otto anni. Sarebbe sicuramente riuscito a nascondere questa menomazione, se tutte le persone che s'incontrano non tendessero per l'appunto proprio la mano destra. Come spesso accade a coloro che si sentono sminuiti, Bonnard ha compensato la sua infermità con un'intelligenza superiore e, se non ha tentato di fare la Scuola Politecnica, lo ha fatto soltanto perché sapeva che io non ero all'altezza e lui non voleva ritrovarsi a frequentarla da solo. Io sapevo di rappresentare ai suoi occhi una sorta di compiutezza fisica che lui avrebbe volentieri scambiato con una intelligenza meno viva, come la mia. Bonnard era una perfetta riuscita delle scuole della Repubblica, che avevano permesso a un figlio di caffettiere del Périgord di diventare ingegnere, e soffriva molto del fatto che la commissione di leva non gli avesse permesso di restituire a quella Repubblica ciò che lui riteneva di doverle. Non avrebbe mai indossato la divisa di ufficiale cui avrebbe potuto aspirare; si era preferito assegnarlo a un oscuro ufficio di progettazione in una fabbrica d'armi.

Nella mia lettera mi limitavo a dirgli che ero stato ferito alla testa ma che la mia vita non era in pericolo, e però prevedevo una lunga convalescenza, ragion per cui gli chiedevo di portarmi un mazzo di carte da gioco e dei libri di cui lasciavo a lui la scelta, non avendo da parte mia, come lui ben sapeva, alcun gusto letterario particolare. Gli confidavo che mi auguravo che restasse il solo dei miei conoscenti parigini, o anche della provincia, a sapere dove mi trovavo.

Tre sedute di anatra e di masticatore più tardi, ed eccomi alla vigilia del mio intervento. Nessun fatto notevole distingue quella giornata e mezzo, se non l'annuncio del medico di una visita imminente del ministro della Guerra ai feriti di cui io son parte.

Dormo già da molte ore di un sonno profondo, quando un gran trepestio viene a fare da sottofondo ai miei sogni. Si tratta di nuovi feriti che vengono portati durante la notte e messi nella stanza.

All'alba, mi trasportano in sala operatoria e, lì, mi riaddormentano con l'etere.

Quando mi sveglio qualche ora dopo, ho una forte nausea e dei dolori persistenti che mi fanno formicolare la faccia.

Mi hanno tolto le bende per prevenire la macerazione delle incisioni e due cinghie mi fissano i polsi alla base del letto per evitare che, nel mio stato d'incoscienza, io possa infettare i punti di sutura. Sono al buio. Mi hanno messo sopra la testa un'intelaiatura a forma di cupola, come se ne vedono nei giardini eleganti per proteggere una pianta appena messa a dimora. La spessa tela che ricopre il tutto mi immerge nell'oscurità.

Ritrovo la piena lucidità soltanto nel pomeriggio del giorno dopo quando, liberato del mio paravento facciale, apro gli occhi alla luce per scorgere, ad altri due angoli della stanza, due feriti immobili, uno dei quali rantola sottovoce.

È il momento che sceglie Bonnard per entrare nella stanza, la mano destra in tasca. Mi stupisco che gli abbiano permesso di venire fin qui da me e immagino che sia un trattamento di favore che verrà meno quando il numero degli altri degenti mi avrà fatto risprofondare nell'anonimato. Mi vede lui per primo, ma distoglie lo sguardo per avvicinarsi agli altri feriti di cui scruta il volto, s'immobilizza, torna a girarsi verso di me. Mentre leggo l'orrore nel suo sguardo e già me lo vedo che fa dietrofront sperando di essersi sbagliato di stanza, lui fa un piccolo cenno con la mano. Non appena si avvicina a passettini impacciati, prendo goffamente la lavagna da scolaro con il gesso e scrivo a grandi lettere: «*Sono io, amico mio*». Lui si siede sul bordo del letto, mi prende la mano e si mette a piangere, sopraffatto da un fiotto di lacrime contro il quale il pudore della nostra antica amicizia non può nulla. Come per distogliere la mia attenzione, comincia a tirar fuori da un sacchetto un mazzo di carte e qualche vecchio libro. Ha aggiunto una tavoletta di cioccolato e un pacchetto di tabacco che rimette subito nel sacchetto.

«Hai bisogno di altro?»

Gli faccio segno di no con la testa e prendo la lavagna.

«*Puoi farmi un ultimo favore?*»

«Ma certo» risponde, pronto a tutto per aiutarmi. «Sai che puoi contare su di me».

«*Una donna ha lasciato una busta nella mia cassetta della posta. Puoi portarmela?*»

«Dov'è la chiave?»

«*Dalla portinaia, dille che sei lì per mio conto*».

«Ci penso io, Adrien, ci penso io. Non preoccuparti».

Lo sento sconvolto. Dall'orrore dello spettacolo, naturalmente – quantunque io incontri una certa difficoltà a immaginare ciò che vede lui –, ma soprattutto da quel cambiamento nell'ordine dei nostri rapporti. La sua manina di bimbo deve sembrargli ben poca cosa, adesso. Lo sento ansioso di metter fine a quella prima visita, a tanto turbamento e tanta commozione in un tempo così breve. Prima di andarsene, stringe un'ultima volta la mia mano fra le sue, e farfuglia: «Sei un eroe, Adrien, un vero eroe. Tornerò presto».

La mattina seguente, mi alzo per la prima volta. Il mio passo è esitante. Seguo le sponde dei letti come i primi marinai esploratori seguivano le coste. A ogni passo temo di crollare, ma la curiosità è più forte dell'apprensione.

Quando infine raggiungo la mia meta, mi chino su uno dei due nuovi arrivati. Il mio compagno di stanza giace sulla schiena, un piccolo crocifisso nella mano destra, stretto al petto. La sua faccia è esposta all'aria, senza alcuna benda. Una scheggia, sicuramente, gli ha asportato il mento. La mascella ha ceduto come una diga sotto l'impeto di un maremoto. Lo zigomo sinistro è sfondato e la cavità dell'occhio è come un nido d'uccello saccheggiato. Respira lentamente. Riprendo a camminare, sostando a ogni letto vuoto fino a raggiungere il terzo occupante della sala.

La carnagione scura e i capelli neri contrastano con il candore del cuscino. Il suo profilo è piatto. Il proiettile gli ha strappato il naso, lasciandogli le cavità nasali spalancate. L'assenza del labbro superiore gli dà un ghigno inquisitore. Capisco perché la nostra stanza si riempie con tanta lentezza, perché ci hanno messi all'ultimo piano. In questo stanzone senza specchi, ciascuno di noi diventa lo specchio degli altri.

Il dottore entra per primo, seguito dal generale medico, da due ufficiali di stato maggiore che fanno strada al ministro della Guerra. Siamo soltanto tre, io sono il solo cosciente. Il dottore mi presenta con poche parole al ministro: «Tenente del genio Fournier, signor ministro, ferito nella Mosa durante le primissime ore di battaglia!»

«Tenente Fournier» attacca subito il ministro, «sono venuto a esprimervi la riconoscenza della Patria per lo spirito di ardimento e di sacrificio di cui avete dato prova. Senza uomini come voi, la terra dei nostri padri, che noi dobbiamo trasmettere ai nostri figli, sarebbe abbandonata alla barbarie tedesca. Siamo fieri di voi!»

Viene a stringermi la mano, m'interroga: «Di dove siete, tenente?»

Il medico accorre: «Non può ancora parlare, signor ministro».

«Spero che almeno senta!»

Un ufficiale di stato maggiore si fa avanti.

«In ogni modo, le vostre parole sono state annotate per la stampa, signor ministro».

«Benissimo, benissimo. Coraggio, tenente. Mi dicono che fra qualche settimana sarete in piedi, pronto a tornare al fronte. Abbiamo bisogno di uomini come voi. Arrivederci, tenente».

Il ministro esce dalla sala con il suo codazzo, in un trambusto che non riesce a svegliare i miei due commilitoni.

Non mi rendo ben conto di quanto è appena successo e però ne traggo un autentico orgoglio.

Il ferito di carnagione scura si è spento stamattina. La scheggia di bomba ha fatto il suo lavoro sul cervello senza lasciargli la minima possibilità. Sono venuti a prelevarlo pochi minuti dopo la prima ronda dell'infermiera, in fretta e furia, come per far sparire ogni traccia del suo passaggio.

Un nuovo ferito è arrivato a sostituirlo poche ore dopo. L'infermiera, essendo io il più anziano della camerata, si sente in dovere di informarmi dei movimenti.

Apprendo così che il nuovo arrivato è un pilota il cui aeroplano in fiamme si è schiantato nelle pianure della Marna. I tedeschi sono dunque arrivati fin lì! Indossa ancora il giubbotto e calza quegli stivali da aviatore che suscitano l'ammirazione degli uomini della fanteria. Ma il suo viso, che scorgo soltanto nel chiaroscuro della finestra che sovrasta il suo letto, somiglia a un grosso budino nero, bruciato e informe. Non una traccia dei baffi o delle palpebre. Non ha più forma umana.

*

Durante la sua visita quotidiana, il chirurgo mi annuncia che la mia prima operazione è stata un successo. Che è riuscito a venire a capo delle tante costrizioni causate dal restringimento dei tessuti lacerati. Descrive minutamente gli interventi che seguiranno con grande schiettezza, conseguenza, dice, della fiducia che ripone in me in quanto ufficiale: «A dirla tutta, tenente, sono in attesa dei materiali necessari per la ricostruzione del vostro mascellare superiore, e in particolare del palato che, lo sapete, non esiste più. Per far ciò, ritengo che il metodo migliore sia un trapianto osseo. Ho in mente di innestarvi dell'osso umano. Sono in attesa di ossa di lattanti che siano deceduti fortuitamente. Ho informato i miei colleghi, medici degli ospedali civili, del carattere urgente della mia richiesta. Non appena uno di loro sarà in grado di esaudirla fornendomi quella 'materia prima', se mi passate l'espressione, potrò accelerare la ricostruzione della vostra mascella superiore. Ciò non si farà, com'è ovvio, con un solo intervento, ma siamo sulla buona strada».

Al cader della notte, la stanza dagli alti soffitti è silenziosa come al solito. Pavento queste mie notti agitate, questi incubi opprimenti che mi svegliano a intervalli regolari e che ricominciano dal punto in cui si erano interrotti non appena riprendo sonno, ninnato dal rantolo sordo dei miei compagni che si aggrappano alla vita senza saperlo.

I risvegli sono ancor più terrificanti perché squarciano il velo dell'irreale.

Soltanto l'etere riesce a ridestare il mio olfatto… per

riaddormentarlo subito. E il gusto, che si dice dipenda dal palato, si cancella per sempre davanti alla zuppa di verdure tritate spinta giù col tubo giorno dopo giorno. Ho la sensazione che tutta la mia persona sia adesso organizzata intorno a questo buco, a questo squarcio che non si sa come colmare. Soltanto i palchi del cervo rispuntano dopo la caduta. E, quando si arriva al punto di unire il labbro inferiore all'estremità di un naso che non ha più setto, non si riesce proprio a immaginare come sia possibile ridare una forma a simili brandelli.

Sogno Clémence ogni notte. Di giorno, mi vieto di pensarci, di riattizzare il suo ricordo e ancor meno di immaginare il suo avvenire. Ciò che differenzia l'animale dall'uomo è che l'animale non ha alcuna idea del futuro. Nel mio caso, sarebbe molto comodo. Ma anche il presente non reca alcun sollievo. Non mi sento ancora di leggere le storie degli altri, di immergermi nella trama delle loro vite, quando la mia mi sembra così bistrattata. Mentre i miei compagni lottano per il ritorno alla coscienza, io gioco a carte, da solo; mi dedico ai solitari che mi ha insegnato mio nonno. Ogni tanto, faccio una pausa nelle mie vincite per osservare gli altri e, nel silenzio di questo stanzone, vedo soltanto i loro petti che si sollevano al ritmo del respiro.

Il buio è sceso da molte ore. Il chirurgo entra nella stanza. È solo e il suo passo è più lento del solito. Tira a sé uno sgabello per sedersi. Si china su di me, esamina rapidamente le ferite.

«Andiamo bene, Fournier, andiamo bene. Siete fuori pericolo. Penso che voi lo immaginavate, no? Adesso, ci resta questo buco. Il mio problema è come riuscire ad arrestare il flusso continuo di saliva. Tirare della pelle per rifare il labbro superiore è niente; la cosa più ardua è far attecchire gli innesti di cartilagine perché quella pelle possa aderire a un tessuto solido. Voi avete avuto fortuna in un certo senso: la vostra lingua è praticamente intatta. Avete tutto quello che serve per parlare, ma, affinché le parole diventino udibili, bisognerà trovare il modo di canalizzare il suono. Per il momento, parte in tutte le direzioni, inevitabilmente. Ma ci riusciremo, vedrete».

Poi, voltandosi a osservare la stanza: «Non c'è ancora molta gente qui. Se vedeste giù dai soldati semplici: si lavora registrando il tutto esaurito. La prima stanza, di quarantotto letti, è piena. A memoria di chirurgo non si era mai vista una cosa del genere. Soprattutto per le ferite al volto. Colpa dell'artiglieria. I crucchi non sono tipi che sparano pallini. La medicina avanza, fa passi da gigante. Da qui alla fine della guerra, si rifaranno facce ex novo, come se niente fosse. La distruzione massiccia per innalzare il livello della conoscenza, è paradossale, no? Be', sarà bene che io vada, comincio a operare alle cinque di domattina; oggi ho fatto quattordici interventi e non uno uguale all'altro, ci sono casi così differenti che mi domando se si arriverà mai a stendere una tipologia dei problemi. Per le gambe, le braccia, è semplice, si taglia. Più o meno in alto, ma c'è soltanto da tagliare. Col maxillo-facciale, il problema non è amputare, ma far rinascere, e questo è appassionante. Più per noi che per voi, ne convengo. Be', stavolta vado a dormire davvero».

Alzandosi, mi dà una pacca amichevole sul braccio, poi va a dare un'occhiata ai miei compagni prima di uscire dalla stanza lanciando un gran sospiro.

È già tardi. Ho deciso di alzarmi. Sono dolorante. Ho freddo dentro. Disfo uno dei tanti letti liberi per prendere una coperta in cui mi avvolgo come un indiano d'America. Cammino nel corridoio in direzione delle luci della strada. Là, alla finestra, trovo d'istinto un angolo dove il vetro, fondendo la profonda oscurità dell'ospedale con la luce dei becchi a gas, disegna una figura e me la rinvia. Sono in quella che si chiama 'fase di essiccazione', non porto nessuna benda, e scopro dunque l'immagine di un uomo che ha nel bel mezzo della faccia un tunnel dai contorni sfrangiati. Quell'immagine riflessa, irreale e però vera non mi turba; mi meraviglio di non aver voglia di piangere o di non provare la minima angoscia, e sono tanto più sorpreso quando il mio stomaco, in modo responsabile, si mette a vomitare sulla coperta presa in prestito. Sono bell'e stufo di contare le sconfitte.

Bonnard fa il suo ingresso dopo la seduta pomeridiana di medicazioni. Sembra ancora impressionato come la prima volta, in cerca di particolari utili a confermargli che quello che ha davanti è proprio il suo amico. Si avvicina in punta di piedi per timore di svegliare coloro di cui si aspetta con ansia febbrile il ritorno alla coscienza. Mi porge una lettera: «È tutto quello che ho trovato nella cassetta».

Apro la busta. Non voglio darle un'importanza eccessiva. Questa lettera è il mio ultimo legame con il mondo. Con la mano che non serve a tenere il foglio, stringo l'avambraccio di Bonnard come se fossi sull'orlo di un precipizio. E leggo:

Caro Adrien,
il momento che ho rubato al vostro fianco mi è parso brevissimo, ma di una intensità deliziosa. Ho ceduto alla profondità del vostro sguardo, che dà quell'impressione di forza al vostro viso davvero perfetto. Abbiamo ceduto, ne sono sicura, a quella folle giornata di mobilitazione. Voi conoscete i miei impegni e il bisogno che ha di me colui al quale sono legata. Rivedersi sarebbe una follia. Non è il caso di costruire niente su quell'attrazione fisica condivisa, sì, ma senza domani. Sarebbe molto crudele da parte vostra farmene una colpa.

Perdonatemi dunque se non vi lascio alcun recapito e affido al caso la possibilità di rivederci, un giorno. Non dimenticherò il volto che mi ha incantata. Grazie di lasciarmi ai miei doveri.

La vostra sincera e devota

Clémence

Ripiego scrupolosamente la lettera. La poso sul piccolo comodino. Prendo la mia lavagna da scolaro, il gesso e scrivo:

«*Grazie di esserti preso il disturbo, questa lettera era importante. Parlami di te, come ti va?*»

«Mi hanno assegnato all'ufficio progettazione di Bachelot et Roy, una fabbrica di armi che fa affusti di cannone. Ho l'impressione di essere utile, partecipo allo sforzo bellico. Certo, il mio nome non finirà sui libri di storia per ragazzi, ma faccio del mio meglio per aiutare il Paese. Hai notizie dal fronte?»

Faccio segno di no con l'indice.

«Ce la siamo vista brutta: i tedeschi ci hanno fatti arretrare sui bordi della Marna. Alla fine, siamo riusciti a respingerli. C'è mancato poco che entrassero a Parigi. Adesso abbiamo ripreso l'offensiva, ma temo che la guerra duri più a lungo del previsto. Se non finisce tutto prima dell'inverno, bisognerà aspettare almeno la primavera, o l'estate».

È domenica. Bonnard passa il resto del pomeriggio accanto al mio letto. Non gli propongo passeggiatine, non ho il coraggio di affrontare lo sguardo di un uomo in piedi, anche se è un monco, è ancora troppo presto. Condanno dunque Bonnard a parlarmi per tutto quel pomeriggio. E la sua scioltezza nella difficile arte del monologo mi mostra una volta di più l'acume del suo intelletto e la preziosità della sua amicizia.

Rammento la sua inclinazione per la pittura e quelle doti che ho potuto intravedere quando lasciava in giro un disegno o un acquerello nella sua stanza di interno alla scuola. So che è una passione tanto più forte in quanto quella che dipinge è la sua mano piccina, mentre lui si costringe a scrivere con la sinistra. Mi parla dei cubisti, i suoi maestri, e mi assicura che quella scuola non resisterà alla violenza dei tempi. Che, quanto a lui, s'ingegna per dare più espressione al suo lavoro e che il dopoguerra sarà un periodo di profondo stravolgimento per l'arte pittorica.

Quando mi lascia sul far del buio, quasi senza avermi detto una parola sul suo conto, promette di tornare la domenica successiva.

Passata l'ultima infermiera, l'una dopo l'altra le luci si sono spente. Ho rigettato la cena, il mio stomaco è stufo di lavorare da solo, senza il minimo aiuto da parte dei denti. Le mie ghiandole salivari sono fuori controllo e producono enormi quantità di schiuma. Non vedo alcun miglioramento in questo iter del decadimento fisico. Aspetto che un neonato sia strappato all'amore dei suoi cari per dotarmi di un ponte per la mascella superiore. Colei da cui mi aspettavo un po' di vita mi scrive per inchiodarmi su una porta come un barbagianni* e siamo in procinto di perdere la guerra; Bonnard me lo nasconde per amicizia.

Mi alzo a tastoni per raggiungere l'armadio dove sono custodite le mie cose militari, in attesa di consegna non appena si sarà deciso di riformarmi in modo definitivo. Sì, c'è anche la pistola, con tanto di fondina. Errore amministrativo, andava riconsegnata subito. I proiettili sono nella cintura. Ne prendo tre, che infilo con la massima cautela nel tamburo. Tre pallottole per tre buone ragioni per morire. Mi premo la canna sotto l'orecchio, il solo punto indolore della mia testa.

È una sensazione strana sentirsi alla propria mercé. Un momento privilegiato per rendersi conto di come l'esistenza segua il suo corso senza paura della fine.

A impedirmi di premere il grilletto non è né l'immagine di mia madre, né quella di mia sorella o di mio nonno, ma semplicemente il pensiero che, se lo facessi, porterei a termine un lavoro iniziato dai tedeschi.

* Nei luoghi montani vigeva la crudele usanza di inchiodare un uccello notturno (civetta, barbagianni, gufo, ovvero uccelli appartenenti all'ordine degli strigiformi, volatili dalla lugubre fama) alla porta di casa per tenere lontane le sventure. (*N.d.T.*)

Rimetto immediatamente la pistola nella fondina, lì dove l'avevo presa. Chiudo l'armadio facendo molto rumore, con la speranza che i miei compagni finalmente si sveglino.

Il reparto comprende adesso cinque stanze. Al primo piano, due stanze per i soldati semplici. Al secondo piano, una stanza per gli ufficiali subalterni feriti al volto. Al terzo, una stanza per gli ufficiali subalterni sfigurati e, in fondo al corridoio, una stanza più piccola per gli ufficiali superiori. Questa stanza conta un solo occupante, un colonnello.

Il primo dei miei due compagni a uscire dall'incoscienza è quello che tiene la mano chiusa su un piccolo crocifisso d'argento. È un capitano di cavalleria colpito durante un'offensiva mattutina nelle Argonne. Henri de Penanster è il nome scritto sulla cartella appesa alle sbarre del suo letto. Sicuramente un bretone. Metà del mento gli è stata asportata da una scheggia di bomba la quale, già che c'era, gli ha squarciato anche la carotide. L'occhio cavato, l'orbita sfondata sono invece da imputare a un ferro del cavallo che lo seguiva e che l'ha urtato cadendo ucciso dalle pallottole nemiche, mentre Penanster giaceva già al suolo, atterrato dalla prima ferita. Penanster si sarebbe dissanguato come un coniglio se il fango non avesse stagnato l'emorragia della carotide aperta. Ancora cosciente e credendosi condannato, ha supplicato una crocerossina della prima linea di procurargli una croce. Lei ha staccato quella che portava al collo; lui l'ha presa in quella mano che non ha più schiuso, nemmeno nei momenti di profonda incoscienza.

Non aveva ancora ripreso i sensi che gli hanno applicato un apribocca a vite per contrastare la contrazione delle mascelle. Ogni giorno, un'infermiera viene a misurare i progressi dell'apertura boccale, che annota diligentemente su un foglio di carta appeso ai piedi del letto.

Pierre Weil, il pilota ustionato, ha il volto e le mani coperti di materie grasse. Quando è stato colpito, il motore del suo aereo si è incendiato, bruciandogli le mani e il volto tutt'attorno agli occhiali che gli proteggevano le orbite.

Poiché la sorte non aveva ancora finito con lui, l'atterraggio di fortuna si è concluso contro un albero, schianto che lo ha proiettato fuori dall'abitacolo, salvandolo dall'incendio ma fracassandogli il volto.

Tutto sommato, soltanto i morti possono invidiarci. E non ci giurerei...

Clémence è, in filigrana, in tutti i miei pensieri. Il senso di tradimento generato dalla sua lettera mi ha distolto da lei soltanto per qualche giorno. So che la rivedrò, dovessero volerci mesi, anni. La guarderò sfiorire, vedrò il tempo sfumare il suo profilo, fiaccarne la bellezza. Io, infatti, il mutilato al volto, non invecchierò. Ci ha pensato la guerra a farmi invecchiare a ventiquattro anni. Non ho avuto il coraggio di uccidermi. Ho avuto il coraggio di non uccidermi. Il rancore, l'acredine incombono minacciosi. Affronto il nemico interiore.

Le foglie degli arbusti nel cortile dei convalescenti hanno preso i colori autunnali. Cominciano a cadere, coperte di brina. Si dice che la guerra si acquartiera per l'inverno, che ognuno si trincera nelle sue posizioni. Bonnard aveva ragione. Bonnard ha spesso ragione. Nuovi ospiti hanno raggiunto la stanza del silenzio. Nessuno parla. Viene da pensare a una biblioteca dove ciascuno studia nel rispetto degli altri. I più audaci ci si provano – per lo più di notte –, ma il suono chc producono non fa più rumore dell'acqua che bolle. Sono arrivati, giovani, meno giovani. Cosa importa adesso, le ferite hanno appianato le differenze.

I dieci posti sono occupati, la camerata è piena. Penanster e Weil sono stati messi ai lati del mio letto. Penanster fa i suoi primi passi, senza però lasciare le sbarre della sua branda. Lo hanno liberato dell'apribocca che non dava i risultati sperati. La pinza di legno che lo ha sostituito non ha deluso di meno. Alla fine le hanno preferito il sacco di carbone, appeso alla mascella inferiore di Penanster mediante dei cordini. Tutti i pomeriggi il poveretto passa un'ora in piedi, schiena al muro. Una cinghia sulla fronte gli blocca il capo contro la parete affinché la testa non si fletta sotto il peso del sacco di carbone che tira la mascella verso il basso. E tutto questo accade in una stanza chiamata 'stanza delle torture', un locale spaventoso dove i feriti si alternano per sottoporsi a esercizi durante i quali si fa ricorso a marchingegni diabolici per cercare di risolvere i problemi di costrizione. I risultati non si sono fatti attendere. Penanster ha guadagnato un centimetro e mezzo di apertura in sette settimane. Altri tre anni soltanto e sarà in grado di spalancare il becco più del corvo di La Fontaine.

Penanster prega nell'oscurità, mattino e sera. Mi domando cos'avrà mai da dirgli e come può parlare con Lui senza fargli una sfuriata.

Weil somiglia a un cranio preistorico, i seni nasali all'aria. Ha il labbro inferiore tumefatto e dà l'idea che sia sempre imbronciato. Quest'uomo sa ridere con gli occhi.

Il fumo dell'aeroplano in fiamme gli ha bruciato i bronchi e le corde vocali, ma io so che sarà lui il primo a tornare a parlare. E qualcosa mi dice che non rimpiangeremo il suo silenzio.

Con l'arrivo dei nuovi, è cresciuto anche il numero delle infermiere. Mi stupisce che siano sempre più giovani e sempre più belle.

Immagino che l'intento sia quello di vivacizzare lo scenario abituale dei grandi invalidi per tirarli un po' su di morale. Servendomi della lavagnetta e del gessetto, ne parlo con la capoinfermiera, mia complice, che si prende cura di me come di un infante.

«La verità» mi bisbiglia all'orecchio nell'ora della siesta, «è che hanno messo le più giovani al vostro piano perché, di sotto, quelle non si facevano scrupolo di stuzzicare i feriti. Capirete: mesi e mesi senza uomini... Tutti partiti per la guerra. Il risultato è che c'era chi se la intendeva con i pazienti. La cosa è arrivata alle orecchie del primario, che è andato su tutte le furie e ha deciso di spedire tutte le giovani al piano dei maxillo-facciali: 'Così non avranno tentazioni!' ha detto».

Mentre il cortiletto sembra infagottato nei primi freddi invernali, il medico mi annuncia che nel reparto maternità di un ospedale parigino sono stati così gentili da tenere da parte il corpo di un bimbo nato morto e inviarglielo. Le parti principali dello scheletro sono state prelevate e, precisa non senza una certa soddisfazione, conservate in ghiacciaia nella vaselina.

«Le condizioni per il vostro intervento sono soddisfatte. Vi opereremo domattina all'alba. È un intervento lungo e, a mia conoscenza, un'anteprima nell'ambito del trapianto della mascella superiore. Ovviamente, bisognerà prevedere due o tre mesi di consolidamento».

Rifaccio instancabilmente lo stesso calcolo: tre mesi per la mascella superiore. Poi tre mesi per il palato. Se tutto fila liscio, fra sei mesi parlo. Altri sei mesi per calare il sipario su tutto questo, ricostruire labbro superiore e guance, e sarò fuori.

Alle prime luci del giorno, quando tutto torna tranquillo perché il sonno ha finalmente avuto il sopravvento sul dolore di quanti soffrono di più, vengono a prendermi. Da liceale avevo un professore di lettere, appassionato di mitologia greca, che ci raccontava spesso la storia di Sisifo. Non aveva un grande significato per lo studente che ero allora ma adesso, alla vigilia di ogni intervento, il mito dell'uomo che faceva rotolare il masso mi torna in mente. La forma della punizione è cambiata, la sua gravità anche, ma bisogna pure che sia a misura di quello che sono diventati oggigiorno i mezzi di distruzione.

Entro ancora una volta nei vapori dell'etere per uscirne con la testa stretta in una morsa che si allenta giorno dopo giorno, e siamo daccapo. Più la guerra si protrae, più i feriti sono numerosi, più le dosi di morfina postoperatoria diminuiscono, più si soffre ma meno se ne parla... altrimenti non si parlerebbe d'altro, per come gli interventi si susseguono negli strati profondi dei tessuti, nell'intimo di una rete di nervi stanchi di tutti quegli assalti ripetuti per arrivare a risultati che, quando ci sono, hanno più dell'impiastro gessoso che della chirurgia estetica. Si rispediscono a casa dei tipi con la faccia rozzamente rabberciata, sovrapposizione di bistecche di vitello cucite l'una con l'altra, innesti animati da una buona volontà mutevole, e soltanto la posizione degli occhi ci convince che i volti dei poveretti non sono alla rovescia. Per fortuna, cominciano a rifornirci di bende. Nere, bianche, occhio destro, occhio sinistro, e mascherine tutte identiche, sia che debbano coprire la parte bassa del volto o dissimulare il tratto che va dal labbro superiore alla fronte. In queste confezioni standard le bende sono prive di orifizi per gli occhi. Rari sono infatti coloro che, colpiti nella parte alta del volto, non hanno lasciato i globi oculari sul campo di battaglia. A questi fortunati non resta che praticare nel tessuto uno o due fori delle dimensioni di una grossa moneta. Hanno tutto il tempo per farlo.

In genere, il segno del ritorno alla vita dopo gli interventi è il ritorno al tavolo da gioco... uno sgabello, a dire il vero. È su questo che si gioca a belote. E la buona notizia è che Weil ricomincia a parlare. Con una voce d'oltretomba, ma è davvero il primo fra di noi a uscire dal mutismo.

La notizia meno buona è che si tenta di trapiantargli della pelle per ricostruirgli il naso. Il trapianto in sé è niente, ciò che conta è il metodo. Hanno scelto il metodo d'innesto all'italiana.

Si fissa il polso del ferito sulla sommità del cranio con un tutore metallico o del gesso, in modo tale che il suo bicipite sia a stretto contatto con il naso. A questo punto, basta incidere la pelle del bicipite e farla aderire al naso aspettando che l'innesto attecchisca e che la pelle torni a vivere di vita propria. La posizione col bicipite sul naso, notte e giorno, va tenuta per settimane, mesi, il tempo che il lembo di pelle attecchisca sulla cartilagine costale innestata sotto. Questo metodo non è poi così nuovo se pare che già due secoli dopo Gesù Cristo lo si usasse per rigenerare dei nasi a brandelli. Ha il grosso inconveniente di immobilizzare una mano che diventa indisponibile per le carte. Senza parlare del braccio che passa proprio nel mezzo della faccia, accaparrandosi la maggior parte del campo visivo. E dei dolori muscolari legati alla scomodità della posizione, dei formicolii che sciamano nel braccio intorpidito e privano Weil del sonno quando il dolore delle altre ferite gli dà un po' di tregua.

Di notte, quando riposa, il triangolo del suo braccio aggiogato somiglia al profilo di una vela di goletta bretone che rientri in porto su un mare d'olio.

Ma Weil è categorico: «Voglio un naso» dice, «e non un nasino, un vero naso da ebreo».

Weil non ha dubbi. Non so ancora con precisione quanta sia la parte di finzione nel suo personaggio, ma fa un gran bene a tutta la camerata. Ci assicura che entro una settimana si sarà fatto l'infermierina rossa di capelli che raccoglie le padelle la mattina, partendo dal principio che il fascino non ha niente da spartire con la bellezza, e che sarà proprio la sua bruttezza a farla innamorare.

Una settimana dopo, deve confessare il suo smacco. «Non mi trova abbastanza brutto» conclude. «Io ho fatto del mio meglio».

Il suo trapianto sarà un fallimento, il lembo innestato comincerà a marcire perché i tessuti che lo accolgono sono troppo sfibrati, troppo straziati, troppo carbonizzati. Weil dovrà accontentarsi di un naso di cartone, un mezzo becco di volatile che servirà da modello a tutta una gamma di nasi di plastica, fino a quando gli impianteranno una protesi fissa, un naso ispirato a quelli delle bambole, di un materiale più vicino, per colore e morbidezza, alla pelle umana, ma la cui patina liscia spiccherà su quel volto definitivamente tumefatto ogni pezzo del quale ha un colorito proprio, fra sangue e carbone.

Fra quanti ci hanno raggiunto all'inizio di questo inverno del '14, due sono morti senza aver mai ripreso conoscenza. Tutti e due erano stati colpiti alla testa.

Alla fine del mese di gennaio del '15, un giovanissimo tenente di fanteria è stato trasportato nella nostra stanza. Si era fracassato la mascella tirandosi una pistolettata sotto il mento. La pallottola ha ben fatto la parte più spettacolare del suo lavoro lasciando uno scavo verticale sulla faccia prima di uscire dal naso, ma il cervello non è stato toccato.

Lo hanno messo a sinistra del letto di Penanster. Molti parlano di suicidio davanti al nemico, cosa che la traiettoria della pallottola sembra confermare. A parer mio, come anche dei miei compagni, si tratta di un atto di tradimento.

Per Penanster, che è cattolico, la cosa è ancor meno perdonabile. Chiede per iscritto che il tenente venga trasferito in un'altra stanza. Ma non ci sono posti liberi. Le partite a carte riprendono dandogli la schiena.

Ricevo due lettere la settimana dalla mia famiglia, e io ne scrivo loro una. Fra di noi esiste una sorta di convenzione che prevede di non parlare mai dell'essenziale e di profondersi nel superfluo. Lettere che potrebbero benissimo essere scritte da un bambino in colonia di vacanze, in cui si evita con cura di riferire le emozioni, buone o cattive, nate dalla vita di gruppo, per dilungarsi soltanto sul dormire, sul bere e sul mangiare. Tutte le mie lettere rispettano questo ordine nella narrazione, e hanno come solo obiettivo quello di tenere la mia famiglia a distanza, di raggirarla.

Mia madre mi fa regolarmente l'elenco dei ragazzi del comune di cui non si hanno più notizie: Lacassagne, Vigeac, Louradour, Despiesse, e i due fratelli Castelbujas.

Quand'eravamo ancora bambini, la madre dei Castelbujas si preoccupava di tutto per i suoi due figli: degli zoccoli dei cavalli, dei serpenti fra i sassi, delle arrampicate sugli alberi, ogni nostro gesto era latore di tragedie, e ogni volta che Bonnard e io accompagnavamo i due fratelli a casa, lei ci aspettava sulla soglia e, gli occhi lacrimosi, diceva sempre questa frase che ci faceva ridere ancor prima che la pronunciasse: «Cari i miei figlioli, come mi sono preoccupata!»

Io non mi preoccupo granché per loro. Sono pieni di risorse, prima o poi sapranno ritrovare la via di casa.

Ho saputo da Bonnard, al quale avevo chiesto di informarsi, che Chabrol è morto tre settimane dopo l'inizio dei combattimenti. Probabilmente quando si è ritrovato con la borraccia vuota.

Le lettere di mia sorella Pauline sono più lunghe e le sento più preoccupate. So che è stata lei a mandare i Chaumontel, i nostri cugini di Nogent-sur-Marne, in avanscoperta all'ospedale per vedermi. Li ho fatti congedare con la scusa che mi stavano medicando. Mi aspetto di vederli ricomparire un giorno o l'altro. Mi viene quasi da ringraziare i tedeschi che bombardano Parigi e tengono lontani tutti quelli che vorrebbero farmi visita. Mio nonno ha aggiunto soltanto una frase in fondo a una lettera di Pauline: «Bravo, figliolo, fai onore al tuo Paese e alla tua famiglia».

Il mio innesto osseo non attecchisce. Il chirurgo mi assicura che non è detta l'ultima parola. Io sono ancora lontanissimo dal riuscire a pronunciarne una.

L'infermiera che ha respinto Weil passa accanto al mio letto. La fermo e le indico la lavagna. Lei aspetta pazientemente mentre io scrivo:

«*Volete vedere una cosa che non vedrete mai in nessun altro uomo?*»

Poiché con l'altra mano tengo il lenzuolo stretto in vita, vedo che il viso le si imporpora. Poi la fisso dritto negli occhi.

E le faccio la linguaccia dal naso. Perfino Penanster sorride con l'unico occhio valido. L'infermierina se la dà a gambe.

Per la prima volta, ho fatto il giro del piano percorrendo il corridoio circolare. Sono partito solo, ho incrociato qualche sguardo familiare, assuefatto, delle infermiere. Altri non sono riusciti a sopportare di incrociare il mio.

Sono andato avanti fino alle finestre che danno sul viale di Port-Royal. Tram, fiacre, qualche automobile, un uomo che cammina con grande disinvoltura, tenendo sottobraccio una ragazza bionda dalla figura elegante, un giovanotto che procede veloce facendo roteare il bastone, dei bambini che corrono davanti a una bambinaia trepidante. Un gruppo di giovani che si congratulano a vicenda. La vita continua come un mormorio che il fragore del fronte non riesce a coprire.

È dunque possibile avere vent'anni e non essere in

guerra, essere interi. Quei tipi lì fuori non sono miei simili, io sto molto meglio qui, in mezzo ai miei compagni. Torno nella stanza a passettini, mi gira la testa per la tanta aria che c'è nei corridoi.

Il chirurgo è convinto della necessità di un secondo trapianto. La mascella inferiore ha ricominciato a muoversi. Se soltanto la lingua potesse poggiare su qualcosa in alto, che facesse la funzione di palato, potrei ricominciare a parlare.

Le ferite esterne sono tutte in via di cicatrizzazione. L'infermiera mi porta nella sala dei calchi perché mi prendano l'impronta del viso. Perché un calco? Non lo so proprio e non m'interessa sapere più niente.

Quando entro nella stanza, mi spavento. Una trentina di volti sfigurati sono appesi al muro come altrettanti trofei di una tribù guerriera. Quella deformità disposta ordinatamente sulle pareti bianche è più forte di me. Arretro come un cavallo terrorizzato da fantasmi, e mi fiondo verso la stanza dove Penanster e Weil mi aspettano per fare il terzo a belote. Hanno spalancato la finestra e l'aria ancora calda che entra annuncia che l'autunno se la prende comoda.

Sul mio letto è posata una lettera di mia madre. Temo sempre che possa aver scoperto la verità. Ma no, mi parla dei miei menu, mi raccomanda di mangiare formaggio che rafforza le ossa, e per finire aggiunge che si sono ritrovati i due fratelli Castelbujas, a due giorni di distanza. Morti entrambi.

Sono stato il primo a occupare questa stanza. In tredici mesi, ho visto sfilare molti compagni. Alcuni ci hanno lasciati senza fare più rumore di quanto ne avessero fatto arrivando. Altri, raccomodati alla meno peggio, sono tornati alla loro famiglia. Tutti ci hanno incoraggiati e hanno promesso di scriverci per dirci cos'era cambiato fuori, e tutti l'hanno fatto.

Per un anno, siamo rimasti in questa stanza senza mai allontanarci se non per percorrere il corridoio circolare a timidi passi.

Nessuna musica se non quella del dolore è mai arrivata alle nostre orecchie.

Abbiamo ingurgitato settecentottantacinque scodelle di zuppa mescolata con carne trita e soltanto l'etere ha saputo risvegliare il nostro olfatto rassegnato.

Ci siamo parlati col linguaggio dei salmonidi.

Abbiamo incrociato una quantità di giovani graziose che di noi hanno conosciuto soltanto le nostre sedute sulla padella, l'odore fetido esalato dalle ferite più interne, le espressioni scimmiesche dei nostri lineamenti deformati, di quei volti che ridono, squarciati dall'acciaio, al parossismo della sofferenza.

C'è chi se la prende con Dio per essere stato chiamato a testimoniare di quella distruzione dell'identità, altri si sono rimessi a lui per riportare a galla la loro anima naufragata. Abbiamo tutti maledetto il tedesco e tutti siamo stati convinti della nostra utilità.

I giorni si susseguono tutti uguali, nonostante i tanti sforzi per animare la nostra piccola comunità. Una vita monacale, con in più la sofferenza, con l'illuminazione in meno. La stessa rinuncia. Lo stesso obbligo ai ritmi immutabili che rassicurano e opprimono. L'immaginario di un ferito, relegato dalla sua mutilazione in una stanza di ospedale militare per parecchi mesi, si organizza intorno a un piccolo numero di pensieri ripetitivi, di rado profondi e che altri troverebbero sicuramente ossessivi. Il primo compito per noi fu quello di eliminare dall'ambito della coscienza tutto ciò che poteva ricordare che la nostra vita anteriore si era di norma organizzata intorno ai nostri sensi. Il secondo, di precluderci ogni proiezione in un futuro che non fosse quello dei piccoli progressi quotidiani nella masticazione e nella pronuncia.

Molto prima che potessimo cominciare a parlarci tutti e tre insieme, rapporti di una certa intensità si erano instaurati fra Penanster, Weil e me. E poi venne il giorno in cui, essendo state le fondamenta giudicate sufficientemente solide, mi misero una protesi, un pezzo di gomma che mi faceva da palato, tramezzo di fortuna tra la bocca e i seni nasali. La circolazione dell'aria tornò normale. E la lingua trovò materia su cui posarsi per pronunciare qualche prima parola intelligibile. Passarono lunghe settimane prima che me lo fissassero. A volte, di notte, il gommino cedeva e andava a ostruirmi le vie respiratorie. Stanco di quei soffocamenti intempestivi che mi guastavano il sonno, mi liberavo del mio 'prototipo' sputandolo e quello finiva a lato del letto, destro o sinistro che fosse. La mattina, tornavo nella stanza di medicazione dove me lo fissavano di nuovo facendomi giurare di smetterla con i quei miei 'lanci di palato'.

Quel pezzetto di gomma mi era di grande aiuto per le *t* e le *d* che schioccano contro il palato. Creava una cavità chiusa che permetteva la formazione di tutti gli altri suoni che fino a quel momento si perdevano verso l'alto. La *s* fece la sua ricomparsa nella mia conversazione qualche mese più tardi, quando mi fissarono un apparecchio dentario sulla mascella inferiore e su quella superiore. Quando tutto pareva andare per il meglio, dovettero togliermi il palato perché infettava la carne, con raccomandazione di usarlo soltanto per i lunghi dialoghi e tenerlo in serbo per il resto del tempo.

Ciò comportava un buffo formalismo nei rapporti con i miei compagni. Avevo in particolare delle conversazioni serrate con un ingegnere pontista. Questi era completamente sordo dall'orecchio destro, mentre da quello sinistro sentiva soltanto grazie a un cornetto. Quando l'uno o l'altro di noi due decideva di lanciarsi in un discorso un po' prolungato, avvisava indicandosi la bocca con un dito. Allora io inserivo la mia paratia di fortuna e lui il suo cornetto, e ci intrattenevamo con una intensità rara in coloro ai quali la parola non costa niente.

C'era soltanto Weil che, nonostante notevoli difficoltà di eloquio, non si risparmiava e si adoperava sempre per allietare le nostre giornate con brevi frasi su tutto e su niente. Penanster aveva ritrovato una pronuncia quasi normale, ma lui non era incline ad approfittarne e dispensava le parole con il contagocce, come se fosse convinto di possederne soltanto un numero limitato.

In seguito, mi sono chiesto a lungo che cosa aveva mai potuto unire in una simile complicità un aviatore ebreo, un aristocratico bretone bigotto, e un perigordino repubblicano laico. Non era la nostra frequentazione forzata, perché la promiscuità avrebbe potuto altrettanto facilmente renderci insopportabili gli uni agli altri. Le nostre ferite, certo, ci avvicinavano, e quando uno di noi imboccava la via del tavolo operatorio, gli altri due non si esimevano mai dall'accompagnarlo e dall'attorniarlo non appena ricompariva. D'altronde, si trattava di una solidarietà che esisteva con altri compagni di stanza, e anche con quelli del pianterreno, privi di uno o più arti.

No, ciò che ci aveva uniti fin dalle prime settimane di guerra era una tacita decisione di rinunciare a ogni introspezione, a ogni tentazione di perdersi nella contemplazione del disastro della nostra esistenza, di cedere a un'amarezza dove il disincanto si alternava con l'egoismo del martire.

Spinto dalla curiosità a percorrere i corridoi, Weil aveva scoperto che, accanto alla stanza degli ufficiali superiori che non riusciva a riempirsi (erano ancora soltanto in tre), era stata allestita una cameretta angusta come un ripostiglio. Dal corridoio che imboccavamo per la nostra passeggiatina quotidiana, adocchiavamo i movimenti furtivi delle infermiere. Una cauta macchinazione che andò avanti per parecchi mesi, fino a quando Weil scoprì che la stanzetta ospitava una donna.

Uno dei primi giorni dell'estate del 1916, sul far della sera, lei fece una comparsa in corridoio. Un fascio di luce proveniente dall'esterno faceva risplendere la sua bella capigliatura. Era di forme snelle. Restò per qualche istante a guardare dalla finestra, immobile, dandoci le spalle. Quando decise di tornare nella sua stanza, si voltò e allora sapemmo che era dei nostri. Quella sera, ci siamo seduti allo sgabello da gioco senza la minima allegria. Penanster lasciò la partita più presto del solito, Weil andò a coricarsi senza aver aperto bocca, cosa che non era da lui.

Mi succede spesso di rivedere quel viso e quegli occhi azzurri, dal disegno perfetto, che sovrastavano, desolati, i resti di un viso straziato dalla guerra degli uomini.

A partire dal giorno in cui ci aveva incrociati nel corridoio circolare, non ricomparve più. Probabilmente, aveva modificato l'orario della sua veloce scappatella in quel corridoio che dava sul viale di Port-Royal.

Quella donna preoccupava ciascuno di noi più di quanto dessimo a vederlo l'uno all'altro. Facevamo quella guerra per le nostre mogli e i nostri figli, e quella presenza femminile al nostro fianco, in quell'ospedale, suscitava in noi un duplice sentimento negativo: di fallimento relativamente alla nostra missione, e di incapacità di farla pagare al nemico che ci aveva trascinati in quella guerra.

Sapevamo che un'azione comune di tutti e tre nei suoi confronti l'avrebbe spaventata, così come sapevamo che un intervento appena più ufficiale per il tramite delle infermiere rischiava di provocare il suo allontanamento.

Decidemmo di delegare Penanster perché ritenevamo che le mutilazioni non avessero minimamente alterato la sua distinzione. Non che fosse più integro di noi, solo che le sue ferite gli avevano lasciato un profilo destro pressoché intatto, cosa che constatavamo con invidia: lui era in possesso di una prova tangibile di quello che era stato prima della mutilazione.

Le nostre ferite potevano soltanto spaventare quella donna che si rifletteva in noi, specchi della sua disgrazia, ma quando, dopo giorni di attesa e di appostamenti, lei uscì e si trovò davanti Penanster, non cercò minimamente di ritrarsi.

«Noi formiamo» le spiegò lui, «un club di ufficiali che

conta a tutt'oggi tre membri attivi e votati a fare del bene. Ci siamo accorti che ci manca una donna. Volete farne parte?»

Per tutta risposta, lei ci rivolse un sorriso caloroso, il sorriso immacolato di una bocca totalmente risparmiata, al pari dei suoi occhi e della sua fronte. Era come un'aiuola di rose devastata al centro. Era stata colpita al naso e agli zigomi, e la deflagrazione doveva averle anche perforato i timpani perché, mentre Penanster proseguiva la conversazione, lei continuò a sorridere con il sorriso di coloro che vivono in un mondo a parte.

Penanster capì allora che era sorda e poteva soltanto leggere le labbra. Lui era il solo a possedere una bocca intatta, dove le parole prendevano forma. Capii subito che né Weil né io avremmo mai potuto conversare con lei, i movimenti delle nostre labbra erano diventati privi di significato perché il suono delle parole ricostituite come noi le formavamo adesso non sarebbe mai arrivato alle sue orecchie.

Nel linguaggio che cominciava a crearsi fra lei e Penanster, il nostro amico le disse che la sua presenza fra di noi ci sorprendeva. Con un tono di tiepida dolcezza che faceva apparire ancora più ingiusta la sua ferita, lei ci raccontò allora la sua storia. Sbigottiti, facendoci animo l'uno con l'altro, l'ascoltammo, intimiditi da quella grande donna dal carisma inalterato.

Verso la fine del 1915, mancavano le infermiere. Marguerite si era offerta volontaria. A quel tempo era tanto bella quanto inutile. Suo padre era un orafo facoltoso, e a lei non mancavano gli spasimanti, tutti riformati o imboscati. Sognava di innamorarsi di un uomo coraggioso. Fu inviata dapprima in un ospedale delle retrovie, dove la sua bellezza creò un tale scompiglio tanto fra i convalescenti quanto fra i medici che la situazione diventò insostenibile. Probabilmente senza immaginare a cosa sarebbe andata incontro, convinse un ufficiale a cui si era negata di mandarla in una unità di pronto soccorso al fronte.

Marguerite non aveva mai avuto paura, ma aveva molto pianto e vomitato nei primi due giorni alla vista degli arti strappati, delle gole squarciate, degli sventramenti di quei soldati che arrivavano a frotte, ammucchiati gli uni sugli altri. Il terzo giorno, gli aspri rimproveri del primario avevano asciugato le sue lacrime. Il quarto giorno, una bomba tedesca cadde sul tendone entro cui si stava tamponando l'emorragia di una gamba strappata a metà coscia. Lei passava gli strumenti che non si riusciva più a pulire tra un intervento e l'altro.

La deflagrazione spazzò via i feriti e i sanitari: tutti furono uccisi. Meno Marguerite, sfigurata e sorda.

Marguerite divenne naturalmente il centro delle nostre preoccupazioni. Per parlarle, ci rivolgevamo prima a Penanster, che le ripeteva le nostre frasi con una lenta scomposizione delle sillabe. Come spesso in coloro che sono colpiti da sordità, lei temeva di parlare troppo forte, e noi non ci stancavamo di quella voce dolce che contrastava in modo singolare con i nostri grugniti. S'integrò molto velocemente nel nostro clan, anche se gli incontri quotidiani erano sempre di breve durata.

Non aveva informato delle proprie condizioni i membri della sua famiglia, ai quali non scriveva mai. Costoro finirono col ritrovare le sue tracce, ma lei rifiutò di mostrarsi. Penanster fu mandato loro incontro per annunciare che Marguerite non intendeva riceverli. Quando il padre, senza rinunciare a un briciolo della sua arroganza, gli domandò la causa di quel rifiuto, Penanster rispose che la ignorava. Ebbe la chiara impressione che il suo diniego rinfrancasse i due fratelli di Marguerite, in particolare il più florido dei due, il cui bell'aspetto d'imboscato contrastava con l'incarnato cereo del secondo che non smetteva di tossire. Penanster non riusciva a staccare l'occhio sano dal viso della madre di Marguerite, al punto che la donna parve infastidita da quella insistenza. Non poteva sapere che attraverso i suoi lineamenti Penanster cercava di ricostituire quelli della figlia, per imprimersi nella mente un ordine definitivamente scomparso. Riscontrò una somiglianza nelle belle proporzioni, ma non la minima traccia di quella bontà che dava al viso di Marguerite uno splendore che la ferita non riusciva a offuscare. Da ultimo, Penanster salutò e volse le spalle a quella famiglia di borghesi haussmanniani che sembravano usciti da una di quelle mediocri commedie di boulevard dove la tristezza finisce col prevalere sulla comicità.

Louis Levauchelle si era unito a noi nel novembre del 1915. La sua ferita era molto simile alla mia e a quella di molti altri ospiti del piano. Un buco nel mezzo della faccia, come se la carne fosse stata risucchiata all'interno. Aveva già affrontato tre tentativi di trapianto in ospedali meno rinomati del nostro. Cartilagini di maiale, di scrofa, di vitello. Tutte e tre rigettate.

Teneva le fotografie di sua moglie e dei due figli sul comodino. In tutti i quattordici mesi di combattimenti non lo avevano mai lasciato.

Levauchelle faceva spesso il quarto a belote.

Nei primi mesi di guerra, la gerarchia militare esortava i feriti maxillo-facciali a starsene accasermati nei rispettivi ospedali, anche quando il loro stato generale non impediva loro di muoversi autonomamente. La vista delle nostre ferite rischiava di minare il morale di una nazione invischiata in una guerra di cui non si vedeva la fine e che esigeva un impegno crescente. I permessi di visita venivano concessi col contagocce e gli incontri si tenevano in un parlatorio del pianterreno che somigliava all'aula di un liceo parigino in un giorno d'esame, con due tavoli e quattro sedie.

Levauchelle scriveva di frequente alla famiglia ma, come ciascuno di noi, non aveva mai avuto il coraggio di confessare la gravità delle proprie condizioni.

La prima visita di sua moglie e dei suoi figli ebbe luogo il 21 giugno 1916, primo giorno d'estate.

Al mattino Levauchelle aveva chiesto il mio parere circa il modo più opportuno di presentarsi: esitava fra tenere le fasciature, mettere una benda nera o lasciare semplicemente tutto allo scoperto. Gli consigliai la benda, ritenendo che fosse ancora la cosa meno impressionante. Era agitato come un bambino.

Mi sembra ancora di scorgere, quando torna dal colloquio, la sua alta figura che risale il corridoio verso la stanza. Non appena mi vide, si accasciò sulla mia spalla. Non essendo in condizione di parlare, si lasciò cadere sul letto. Gli siamo rimasti accanto, Weil e io, presenze impotenti, fino all'imbrunire, e l'abbiamo lasciato quando si sono spente le luci.

Al risveglio, il momento di massima sofferenza morale per mia personale esperienza, mi accostai al suo letto. Se il mio olfatto fosse stato integro, forse l'odore del sangue sparso mi avrebbe avvertito per tempo. Si era dato la morte.

Il giorno prima, aveva chiesto a un'infermiera di procurargli un cartoccio di caramelle per i suoi figli. Immaginando che avrebbe avuto il passo malcerto, la donna si era offerta di accompagnarlo fino al parlatorio.

Né la moglie né i figli l'avevano riconosciuto. Il bambino più grande era uscito di corsa in corridoio urlando: «Non è il mio papà, non è il mio papà!» Sua moglie aveva ripreso i figli per mano promettendogli di tornare quando fosse «stato meglio».

Per Louis fu celebrata una messa nella cappella dell'ospedale. Vi assistevano quattro compagni di stanza, quelli cui le ferite non avevano alterato il senso dell'equilibrio. Il prete officiava in tono monocorde. Da quanto tempo non faceva che passare da un servizio funebre all'altro?

Penanster mi disse che aveva dovuto insistere a lungo con il prete perché acconsentisse a dire quella messa per un suicida. A metà della funzione, apparve Marguerite, alta figura dal viso nascosto dietro un foulard, e venne a inginocchiarsi in ultima fila.

Alla fine della cerimonia, uscimmo tutti insieme. Penanster, che ci precedeva, si fermò nel corridoio che ci riconduceva alle stanze e si voltò per farci giurare assieme a lui che nessuno di noi avrebbe messo fine ai propri giorni. Il corpo fu poi portato via per la sepoltura che doveva avere luogo a Marnes-la-Coquette. Ci sono luoghi così, con un nome che non si adatta a tutte le circostanze.*

* Marnes-la-Bella, Marnes-la-Vezzosa. (*N.d.T.*)

*

Weil propose che chiedessimo un permesso di uscita per il 14 luglio.* L'idea non mi entusiasmava. Secondo Penanster era arrivata l'ora di affrontare il mondo. Per Marguerite era ancora troppo, davvero troppo presto.

Il problema della tenuta da adottare fu risolto subito con la decisione di uscire in divisa e con le bende. Io ero riuscito a recuperare la mia divisa. Per miracolo, era approdata alla lavanderia dell'ospedale ed era tornata impeccabile, mentre mi aspettavo di ritrovarla sfigurata come me. Penanster si fece prestare l'uniforme da un ufficiale di cavalleria del primo piano. Weil non riuscì a mettere le mani su una divisa da aviatore e alla fine s'infilò in quella di un tenente di fanteria. Le maniche della giacca gli arrivavano a metà braccio e l'orlo dei pantaloni riusciva a malapena a coprire quello dei calzini.

Il drappello dei 'naufraghi' si mise in moto verso le undici di mattina. Non ricordo di aver mai provato, in nessun momento della vita, una paura così profonda. Nemmeno prima delle operazioni più impegnative avevo mai sentito una simile angoscia, una simile vertigine. Era come se mi avessero imposto di attraversare Parigi saltando di tetto in tetto.

Scendendo verso la Senna, Penanster, decisamente il più presentabile di noi tre, camminava davanti a tutti a testa alta. Poi veniva Weil, lo sguardo in orizzontale. Io chiudevo la fila, gli occhi ostinatamente puntati sui tombini.

* Ovvero per la festa nazionale francese, anniversario della presa della Bastiglia nel 1789. (*N.d.T.*)

Il cielo, di un azzurro slavato, sembrava rimescolato dai venti d'alta quota.

Un anziano signore che rincasava dopo la passeggiata mattutina si fermò sulla soglia del suo stabile. Ci fissò lentamente a uno a uno, poi alzò il cappello a mo' di saluto. Non mi ero mai reso conto che potesse esserci tanta aria, fuori. Al punto di diventare opprimente, come ogni elemento che s'imponga al di là del necessario.

Parigi sembrava deserta. Donne, poche, persone anziane, come se un intero paese fosse partito per chissà dove.

A cinquanta metri, uno stuolo di bambini guidati da una ragazza bionda veniva dritto verso di noi. Era giunto il momento di rientrare. Tirai i miei compagni per la manica. Ma Weil era deciso a comprarsi un croissant. Per quanto gli spiegassimo che era già difficile trovare del pane, lui si ostinava, come se volesse dare uno scopo alla nostra passeggiata. All'angolo del viale c'era una panetteria. La vetrina era vuota; la panettiera ci apparve di schiena: stava lustrando il banco. Weil entrò per primo nel negozio con noi al seguito, attaccati a lui come vagoni a una locomotiva. La donna si voltò. Gli occhi sgranati, mollò lo straccio e una pagnottella di farina scura che teneva nell'altra mano. La pagnottella rotolò per immobilizzarsi ai piedi di Weil. Senza lasciargli il tempo di raccoglierla, la panettiera si precipitò a riprendere ciò che era suo, come chi strappi il proprio figlio dalle mani di un estraneo. La pagnotta stretta al petto, la donna arretrò fin dietro il banco. Penanster avanzò, fingendo di ignorare il suo spavento, e le disse molto educatamente: «Tre croissant, prego».

«Croissant! Croissant! Nemmeno per sogno!» rispose la donna. «Ho soltanto pane nero, due pagnotte, e sono già vendute».

Poi concluse, squadrandoci un'ultima volta: «Sarete mica tedeschi?»

Girammo sui tacchi, e Weil si mise a ridere a crepapelle. Io tremavo in tutto il corpo come se l'inverno intero si fosse abbattuto su di me, e supplicai i miei amici di riportarmi in ospedale. Penanster e Weil acconsentirono.

Quando, un po' più tardi, li esortai a uscire di nuovo senza di me, loro mi proposero una partita a carte, con la scusa che il giorno prima li avevo spennati.

Non abbiamo mai più evocato il ricordo di quella disfatta.

L'evocazione del nostro passato non andava mai al di là del momento della mobilitazione.

Weil parlava spesso dell'ebbrezza dell'altitudine, quando andava a sorvolare le linee tedesche. Diceva che a volte non riusciva a dominare il tremito di tutti gli arti mentre s'introduceva nell'abitacolo dopo l'annuncio di un apparecchio nemico in arrivo. La paura spariva non appena l'elica cominciava a girare. In aria, si sentiva invincibile, come se la vita diventasse irreale. Ancor oggi, aveva una sola idea in mente: tornare a volare.

Dato che a me piaceva farlo parlare della sua esperienza di uccello, che ci forniva rare occasioni di levarci in volo, lui si compiaceva nel descriverci a lungo l'esultanza che quella sensazione di immortalità suscitava in lui.

L'ho visto afflitto una volta soltanto.

Era l'ora della siesta. Eravamo sdraiati sul suo letto,

i piedi posati sulle sbarre, il naso all'aria, gli occhi fissi al soffitto.

«Sai cos'è un corvo in un nido d'aquila?» domandò lui in un tono che non gli avevo mai sentito.

Poiché non rispondevo, continuò: «È un ebreo nell'aviazione francese».

Probabilmente percepì il mio imbarazzo e proseguì. «Il privilegio più grande dell'aviatore è il suo diritto a una morte individuale. I fanti, loro, muoiono in branco. Ma i membri di quella élite non amano il gatto nero che gli passa davanti all'aereo, anche se ha abbattuto tanti tedeschi quanto loro. Nessuno di quei bei signori ha mai cercato di avere mie notizie. Strano, non ti pare?»

«Non potrebbe darsi che invece sia perché tu non venivi dalla cavalleria?»*

«Può darsi».

Penanster passava lunghe ore sui libri di storia. Quando non leggeva e nessuno lo sollecitava per giocare a carte, scolpiva una Vergine in un pezzo di frassino che gli era stato procurato dal padre di un nostro compagno di stanza.

La sua fede mi tormentava. Non concepivo che si potesse onorare la divinità che ci aveva confinati in quella umanità miserrima. Glielo confidai un giorno, mentre facevamo il nostro giro di corridoio. Mi rispose come se cercasse di imprimere un ordine a quella che era stata la

* Nella Prima guerra mondiale l'aviazione era un'arma giovane. Quasi tutti gli aviatori (meno Weil evidentemente) provenivano dalla cavalleria e ne seguivano le regole d'onore, tanto che erano noti come 'i cavalieri dell'aria'. (*N.d.T.*)

sua vita prima della guerra. Le cose non sono niente in sé, a meno che non le si inserisca in una logica che dà loro un senso. E Penanster sapeva di sicuro meglio di chiunque altro legare causa ed effetto. Era questo che spesso lo rendeva implacabile nei suoi giudizi. Nonostante questa palese rigidità del suo credo, però, aveva un grande rispetto degli altri.

Nei suoi ricordi, l'infanzia serbava la stessa durezza del granito del maniero di famiglia. Suo padre era tenente di vascello. Quando, nel mare della Cina e nelle nebbie dell'alba, la sua nave era stata speronata da un mercantile che trasportava caucciù, lui aveva passato quindici ore aggrappato a una tavola prima di essere raccolto da una giunca di pescatori.

Per sei mesi fu dato per disperso e la famiglia ne portò il lutto. Sua moglie sprofondò in una melancolia che sembrava irreversibile. Fu allora che lui riapparve, ricondotto nel porto di Lorient da una nave della marina mercantile. Morì venticinque giorni più tardi di una polmonite causata da poche gocce d'acqua imputridita nei suoi polmoni e aggravata dall'umidità del monsone. Sua moglie s'inabissò allora decisamente nella follia. Penanster aveva sedici anni.

Capii che esisteva una fede che non somigliava a niente di quanto avevo potuto pensare fino a quel momento. Penanster non ambiva ad alcuna protezione divina, il suo rapporto con il Creatore non aveva niente di quello fra maestro e allievo. Lui distingueva i credenti, di cui si onorava di far parte, dai superstiziosi. «I primi danno» diceva. «I secondi danno per ricevere». Era convinto che l'uomo, col suo cercare certezze, correva verso la rovina, che Dio gli aveva attribuito un grado di coscienza che gli permetteva di comprendere le grandi domande, ma che mai il Creatore gli aveva assegnato il compito di rispondervi, compito che aveva riservato a sé. Era quello che lui chiamava 'il grande malinteso'. Con Penanster la religione assumeva un senso ben diverso da quello datole dalle parodie degli insegnamenti e dai comportamenti dei devoti che avevano incrociato la mia infanzia e la cui fede altro non era che una volontà di dominio per il tramite della morale.

Per me, però, era troppo tardi.

Quando mio padre aveva sentito avvicinarsi la sua ultima ora, cinque anni prima, ci aveva convocati, mia sorella e me, perché brindassimo al suo trapasso. Io ero sceso di corsa in cantina a prendere una bottiglia di champagne, sapendo benissimo che le prime gocce gli sarebbero state fatali. Mentre si portava la coppa alle labbra, io sentii che si disponeva a non vederci mai più, né qui né altrove. Fino all'ultimo istante pensai che avrebbe mandato a chiamare un prete, lui la cui madre andava a messa due volte al giorno. Così non fu, e si spense senza il minimo pensiero di vita eterna. Aveva proclamato la fine della sua esistenza davanti ai suoi figli senza lasciare loro la minima speranza di un ricongiungimento futuro.

Non credere era per lui la forma compiuta di un coraggio di cui ci mostrava la via, distogliendomi dalla fede una volta per sempre.

Fra noi non accennavamo mai al futuro, ma io cominciavo a pensarci, di tanto in tanto. Si annunciava doloroso come il passato, o di più. Il passato ci aveva colti di sorpresa, come la folgore che schianta un albero ignaro. L'avvenire si avvicinava a passettini da vecchio. E quello che appariva più terrificante era il futuro immediato. Presto o tardi avremmo dovuto decidere di uscire per davvero. Credo che la mia rinuncia durante il primo tentativo fosse stata accolta da Penanster e Weil con sollievo, ma sapevamo tutti che dovevamo riprovarci. Per prendere tempo, avevamo ora l'alibi dei nuovi che arrivavano a interi convogli da Verdun. La capacità di accoglienza del reparto maxillofacciale era stata raddoppiata. Avevamo di che tenerci occupati. Tutte le settimane un nuovo arrivato tentava di uccidersi aprendosi le vene o impiccandosi al serbatoio d'acqua delle toilette. Noi, gli anziani, dovevamo convincere dei poveri ragazzi che avevano perso uno o più sensi che restavano comunque loro delle buone ragioni per vivere. E pensare che non ci avrebbero messo molto a capire che, oltre ad aver perso il gusto, l'olfatto, l'udito o la vista, dovevano anche tirare una croce sul desiderio.

Penanster, ogni gesto e ogni parola del quale infondevano coraggio, metteva in soggezione i nuovi arrivati, tentati di piangersi addosso, e Weil li scuoteva un po' con le sue facezie che facevano ridere anche chi non aveva più bocca. Raccontava loro che aveva fatto causa ai servizi di sanità per via del naso in alluminio dipinto che gli avevano innestato temporaneamente, un naso dritto come quello di una suora.

La storia che rallegrava di più il suo uditorio era quella di un tenente colonnello, figlio di senatore, con una leggera ferita alla guancia, che aveva avanzato la pretesa di essere messo in una stanza singola... Ovviamente gli era stata negata. Non c'era chi non si domandasse cosa ci faceva, lì, con quella ferita poco più visibile di un graffio di rovo. Di sicuro sentiva la mancanza delle donne. Aveva notato che in cima al tramezzo delle toilette un buco largo come un oblò dava sulle latrine delle infermiere. Un giorno, saltò sulla tazza, si issò in punta di piedi e lanciò un urlo terrificante. Il tenente colonnello era scivolato dentro il wc, fratturandosi il piede che era rimasto incastrato nel foro di scarico.

Weil passava dall'uno all'altro come un felino e sapeva individuare i più fragili. Organizzava tornei di carte, insegnava a giocare a scacchi. Aveva anche riprodotto, in un angolo della stanza, una sorta di abitacolo di aereo in cui dava i primi rudimenti del pilotaggio ai nuovi che rimuginavano sulle proprie disgrazie fra un'operazione e l'altra. E non c'era ferito che potesse andarsene da lì senza un modellino di biplano, di carta o di legno.

Uno strano fatto restituì per qualche tempo consistenza al mio avvenire. Una mattina, mentre facevo la mia ronda al piano per sgranchirmi le gambe, un insolito baccano animò la tromba delle scale. C'era un tipo alto e nero, nudo come un verme, inseguito da due infermiere e da un chirurgo intralciato dal grembiule. Il senegalese si era svegliato durante l'operazione, al primo colpo di bisturi, e se l'era data a gambe. Fu riacciuffato in extremis alla guardiola.

Mi venne subito l'idea di partire per l'Africa, non appena finita la guerra. Si diceva che là i selvaggi tenessero in gran conto chi era stato ferito gravemente in guerra.

Un tenente di artiglieria mi raccontò che suo zio, sfigurato nel '70, per rifarsi una vita si era arruolato nella coloniale. Gli aveva spiegato che là un guerriero sfigurato diventava un gran signore.

Ne parlai a Weil, che portò subito il discorso sulle donne.

«Sono sicuro che loro non fanno distinzione fra un bel bianco e un bianco sfigurato. Per giunta, a quanto si dice, hanno forme più che generose. Tanto che, a qualcuna, sarebbe il caso di piallare il didietro. È un'idea incredibilmente buona questa dell'Africa! Ti propongo una società: portiamo là due o tre aerei. Io mi occupo del pilotaggio e tu della meccanica. Faremo furore».

Questa prospettiva ci ridette coraggio per un po', come tutti quei sogni ai quali si vuol credere anche quando si sa che non si realizzeranno mai.

Penanster era seduto sulla panca nel cortile dei convalescenti e il sole che illuminava il suo bel profilo, quello che aveva conservato quasi intatto, strappava un riflesso al suo occhio verde che ci scrutava di traverso. Ricordo quel giorno perché mai più, da allora, ho avuto una sorpresa di quella fatta. Era il 24 giugno del 1916.

Penanster fumava tranquillamente la sua sigaretta inglese.

Cominciò a parlare con quel suo timbro di voce grave che non aveva perso nulla della maestà originaria, nonostante il leggero sibilo causato dai denti spezzati.

«Amici» esordì, solenne e imbarazzato a un tempo, «non possiamo lasciare i nostri sensi in abbandono».

Weil mi lanciò un'occhiata circospetta.

«Vi propongo una sortita. Dobbiamo affrontare lo sguardo delle donne. Adesso. Dopo, sarà troppo tardi; la mancanza di fiducia avrà avuto ragione di noi. È giunto il momento di reagire». Poi, come anticipando la nostra reazione: «So che, provenendo da me, la cosa può sembrarvi sconcertante, ma qui usciamo dal quadro morale ordinario. Siamo in un contesto particolare, svincolato dalle preoccupazioni banali del borghese in piena salute».

Fece una pausa e riprese: «La nostra prima uscita non è stata quello che si potrebbe definire un successo. Abbiamo abdicato collettivamente».

Puntando il dito su Weil: «Noi quanto Adrien, no?»

Weil annuì senza aprir bocca.

«Amici» concluse Penanster, «io mi permetto dunque di proporvi una puntata al bordello più vicino. È, questo, un sacro dovere, siamo tutti d'accordo?»

Mancava soltanto che aprisse una carta dello stato maggiore e circolettasse il bersaglio. E, poiché il nostro amico ci aveva appena notificato che eravamo in servizio comandato, decidemmo di affrontare quello scontro a cuor leggero.

Ottenemmo il permesso di uscire due giorni dopo, nel pomeriggio. Era la seconda volta in due anni e mezzo: non si poteva davvero dire che abusassimo.

Quel miscuglio di missione e scappatella di collegiale non poteva che allettarmi. Sentivo che non era lo stesso per Weil, che pure sembrava il più spavaldo del nostro gruppo. Pensandoci bene, forse proprio per questa ragione era il più esitante di noi tre.

Penanster lasciò la roccaforte ospedaliera alla nostra testa, senza fasciature o benda. Al suo seguito c'era Weil, tutte le ferite esposte, il suo grosso budino, come lo chiamava lui stesso, esibito alla faccia del mondo. Quanto a me, avevo coperto le ferite con la benda nera, che ne nascondeva una gran parte.

Il lupanare si raggiungeva in pochi minuti a piedi dal Val-de-Grâce, in un vicolo vicino a Montparnasse, in fondo a un cortile sul quale davano degli studi di artisti.

Restammo per qualche minuto a osservare la porta dell'abituro. Ne uscirono due borghesi.

Il nostro atto somigliava in tutto e per tutto a un colpo di mano. Soltanto quando la via fu libera Penanster avanzò verso la porta. S'immobilizzò e, prima di alzare il picchiotto per bussare, si volse verso di noi e mormorò, come per convincere se stesso: «Non c'è niente di più spietato dello sguardo di una zoccola, vero?»

Weil rispose che, non avendo nessuno di noi una suocera, era difficile pronunciarsi.

La tenutaria che aprì la porta era in tutto e per tutto conforme a quanto eravamo in diritto di aspettarci: una faccia di pesce truccata per il carnevale, la pelle così floscia che aggettava a ogni piano.

Il posto era di dimensioni modeste, e di un cattivo gusto equamente distribuito. Il color porpora delle pareti dava al locale una finta aria di eleganza e il mobilio Secondo Impero usciva dritto da una soffitta di campagna.

Due anziani signori nascosti dietro un enorme giornale parevano in attesa del loro turno, spaparanzati nell'anonimato del fumo del loro sigaro.

La madama non nascose il proprio stupore quando scoprì com'eravamo conciati.

«Embè, miei poveri ragazzi, vi hanno ridotti proprio male! Mi dispiace, non ho più signorine disponibili. D'altro canto non sono sicura che accetterebbero».

«Sicuramente preferiscono dei vecchi imboscati» borbottò Penanster. «O dei riformati per favoritismo, magari. O, perché no? dei crucchi!»

Un ghigno di tacchina scoprì una fila di denti guasti: «Vedrò quel che posso fare, sedetevi pure, vi servirò dei rinfreschi. Siate gentili, rimanete dove siete. Capitemi, non vorrei che gli altri clienti... insomma... torno subito. Avete i soldi, almeno?»

Dallo sguardo di Penanster, capì che la domanda era fuori luogo, tornò dieci minuti dopo, tirando per mano due ragazze scarmigliate che cercavano di ricomporsi: «Questi tre signori sono venuti appositamente per voi, signorine. Vi chiedo di fare onore alla nostra casa».

Incoraggiai Penanster e Weil a precedermi. La madama si allontanò con la sua andatura di gallinaceo assicurandomi che non avrei dovuto aspettare a lungo.

Una porta nascosta dietro una tenda si aprì su un uomo giovane ed elegante che pareva non temere lo sguardo altrui. Un attimo dopo, una ragazza che non doveva avere ancora vent'anni, capelli biondi sciolti, guance pittate che malcelavano il resto di un viso livido, mi si accostò.

Mi salutò con un buongiorno da sbarazzina che venga presentata a un lontano prozio.

Chiusi la porta dietro di me.

Lei si spogliò senza pudore e senza il minimo accenno di provocazione. Poi rimase lì, piantata nel mezzo della stanza, nell'attesa di una parola, di un ordine.

Aveva forme perfette, cosa che accresceva il mio imbarazzo.

«Devo dirvi, signorina, che vi trovo bellissima e, per essere franco, del tutto di mio gusto. Non sono venuto qui per obbligo, proprio no, ma in seguito a una specie di scommessa che ho fatto con degli amici».

Lei ascoltava la mia tirata con una noia palese, unita a una certa riconoscenza per la tregua che le concedevo.

«A dire il vero» ripresi, «non avevo mai messo piede in un posto simile, e non avevo intenzione di farlo, se quella sciocca scommessa... Dunque, poiché abbiamo un po' di tempo, potremmo magari conversare...»

«Conversiamo, è quello che mi dicono sempre i vecchi signori che non possono più. Voi siete vecchio, voi pure?»

Poiché non rispondevo, lei aggiunse: «È stata la guerra a farvi quello?»

«Sì».

«Siete fortunato. Mio fratello invece è morto».

«Sì, ho avuto sicuramente fortuna».

«Allora, cosa si fa? O si parla o ci si muove. Se si parla, poi non chiederete uno sconto?»

«No, per niente».

«Allora di cosa parliamo? Per cominciare, con quella benda che cade sulla bocca non capisco proprio tutto quello che dite».

Senza rivestirsi, si sedette su un angolo del letto, le ginocchia strette.

Il desiderio e il sentimento della mia dignità ingaggiarono allora in me una lotta spietata.

Mentre la squadravo, altre immagini di volti femminili si sovrapposero al suo. Erano quelli di Clémence e di Marguerite. L'amore e il rispetto.

Vinse il desiderio.

Non mi restava che fare i conti con quella tristezza che

s'impossessa degli animi quando l'atto è stato consumato senza amore.

Mentre mi rivestivo, e per mettermi la coscienza in pace, volli prestarle un'attenzione particolare. Sarei potuto cadere nel ridicolo proponendole di tirarla fuori di lì. Mi restava quel tanto di pudore necessario per non farne nulla. Le promisi una prossima visita, che era l'ultimo dei miei pensieri.

Penanster e Weil mi aspettavano nel salottino d'ingresso. Capii dal loro sguardo che ero stato un po' lungo.

Pagammo senza discutere, lasciando anche una generosa mancia.

Sulla via del ritorno, Penanster ci offrì senza proferire motto una di quelle sigarette inglesi che si era procurato non so dove, e che avevano un sapore come di viaggio.

Per tutto il tragitto non abbiamo pronunciato una sola parola, ciascuno avendo a sufficienza di che dibattere con se stesso.

Fu Weil a rompere il silenzio mentre ci avvicinavamo alla guardiola.

«È sempre così quando si è in disgrazia. Si pensa che il peggio sia ormai passato, tutto ciò che un uomo è in grado di sopportare. E invece no, rimane sempre qualcosa. Ci mancava la sifilide. Probabilmente è cosa fatta, adesso».

Non abbiamo mai più accennato a questo episodio fra di noi, ritenendo che non fosse materia da approfondire. La cosa più difficile fu certamente eludere le domande, per discrete che fossero, di Marguerite sulla nostra prima sortita.

L'estate 1916 passò come le precedenti. Io ebbi il vantaggio di essere operato soltanto una volta. Penanster subì un nuovo tentativo di trapianto osseo che fallì. Weil ricevette due innesti di pelle.

Ciò nonostante io mantenevo il primato. Quanto a numero di interventi che ciascuno di noi segnava su un pezzo di legno, con tacche incise con il coltello, io ero ancora in vantaggio rispettabile.

Ne contavo sette. Penanster e Weil erano in parità con cinque ciascuno.

La guerra ci portava ogni giorno un numero crescente di mutilati al volto. Le complicazioni respiratorie dovute ai gas rendevano più difficile il compito dei chirurghi. Il nostro lavoro ci dava soddisfazione. Da aprile, non un solo tentativo di suicidio.

Il nostro rapporto con il tempo cambiava. L'idea di futuro sbiadiva. Vivevamo nel presente, per non dire nell'immediatezza. E nel dolore, che si autoinvita sfacciatamente ogni istante del giorno e della notte, gioca, simula partenze definitive per poi tornare a imporsi con una violenza che sorprende ogni volta. Le giornate erano interminabili, senza prospettive. La guerra aveva luogo lontano, dietro una cortina fumogena. I giovani tendevano l'orecchio alla minima notizia dal fronte, a un'avanzata degna di questo nome. Gli anziani, pensando che la nostra causa fosse giusta, non dubitavano mai della vittoria, pur ostentando distacco da quei sussulti di battaglia che ci venivano annunciati con un entusiasmo eccessivo. Finivamo col temere quelle fuggevoli uscite dal letargo. Ogni volta che quella guerra di posizione si rianimava, causava tanti di quei morti che nessun uomo della stanza poteva dirsi dispensato dalla brutta notizia di un padre, di un fratello, di un amico falciato nella massa. Altra miseria che si aggiungeva alla nostra condizione.

Gli scambi epistolari con la mia famiglia erano ancora di una banalità che mi permetteva di limitarmi al quotidiano, evitando di dare la minima informazione sulle mie ferite. Non avevo niente da dire loro, pena lo svelare la realtà del mio stato, e io non ero tipo da inventare. Spedivo comunque una lettera la settimana, che dava conto dei miei menu: carne trita, zuppa. Studiavo il modo di porre il maggior numero di domande possibili sulla salute della nostra cerchia, e ogni volta che mi informavano che a uno dei miei amici del paese o a un compagno di scuola erano stati amputati un braccio, una gamba, dicevo a me stesso, rinfrancato: «Eccone almeno uno che non ha più di che preoccuparsi!»

Ciascuna di quelle lettere riattizzava in me il ricordo del paese. Di quelle mattine d'autunno in cui andavo nel bosco con mio padre e mio nonno. Era il nonno a stabilire il piano di battaglia, la sera prima, con sapienti calcoli che avevano come fattori la luna, la durata delle ultime piogge e l'intensità del soleggiamento che ne era seguito. Il verdetto arrivava il più delle volte alla fine della cena, quando mia madre si alzava per sparecchiare. Il nonno era assorto nei suoi pensieri, il mento posato sui pugni, e ogni volta era lo stesso rituale.

Finché non gli si domandava niente, lui non diceva niente. Poi, arrivava la domanda: «Di' un po', nonno, se ne troveranno?»

Lui lasciava passare uno o due minuti di silenzio, senza dare mai modo di prevedere la sua risposta da un qualche cenno del capo.

Poi arrivava il verdetto: «Può darsi che se ne trovino...»

Allora mi mettevo a saltare sulla seggiola come un capretto. Restava da scoprire quali erano le previsioni circa la consistenza della raccolta.

«Prendiamo i cestini o i sacchi da patate, nonno?»

Se rispondeva i sacchi, significava che si andava verso una giornata di più di dieci chili di porcini. Nell'autunno del 1913, nelle due prime settimane di ottobre, ne avevamo raccolti quaranta chili. Una metà era per la famiglia, l'altra finiva in vaso.

Nessuno meglio di mio nonno conosceva i posti. E quando si entrava nel bosco, all'alba, lui si fermava e, le narici dilatate, inspirava profondamente: «Ecco, bricconcello, senti come fuma la terra!»

Un delicato ma costante miscuglio di sentori di terra umida, di felci e foglie di castagno arrivava allora a solleticare il mio olfatto.

Quel profumo, non lo avrei sentito mai più. E, ogni volta che ci pensavo, mi commuovevo e mi veniva da piangere. Accettavo più volentieri la mia deformità che quella perdita irrimediabile del gusto e dell'olfatto.

Quello del 1916 fu un inverno di cui avrei fatto volentieri a meno.

Bonnard mi aveva inviato una lettera entusiasta a metà ottobre per annunciare che aveva finalmente ottenuto di essere mandato al fronte e che l'avrebbero destinato all'artiglieria. Pensavo che se ne sarebbero serviti per dei calcoli di traiettoria, più che per il tiro.

Il 23 dicembre, antivigilia di Natale, ricevetti una lettera di sua madre: mi annunciava che Alain era appena morto in un bombardamento. Fino a quel momento, non avevo mai dubitato di quella guerra, della necessità di farla, e avevo accettato di soffrirne anche fino al punto di perdere me stesso. Si era appena presa il mio miglior amico, quello che, nella mia mente, avrebbe dovuto essere l'ultimo a morire. Provavo un'immensa angoscia per non aver potuto proteggerlo, per non essere stato lì a coprirlo con il mio corpo quando la bomba era caduta. Stranamente, avevo la sensazione di trovarmi davanti alla morte per la prima volta. Avevo già visto altri morti, spesso parenti o cari amici, ma Bonnard e io eravamo un'anima sola. Si deve provare una sensazione simile quando si perde un gemello.

Quella guerra diventava assurda, e il semplice fatto di ammetterlo ci rendeva fragili. Fin dove si sarebbe dovuto arrivare per intravederne la fine? Nel nostro villaggio in Dordogna, contavamo già tre morti e uno sfigurato. E non eravamo avanzati di un centimetro.

Avevo contato su Alain per il dopo; avevo bisogno della sua amicizia per tornare alla vita civile, per essere aiutato ad accettare lo sguardo degli altri, ma, decisamente, quella guerra non rispettava proprio niente: si era portata via Bonnard.

La mattina del 2 febbraio 1917, la sorvegliante al piano entrò nella stanza e si diresse dritto verso di me, un sorriso gioioso sulle labbra.

«Tenente Fournier, avete visite! Le ho detto che ci siete, e in piena forma. Vi aspetta in parlatorio».

«Chi?»

Mi stavano tendendo un'imboscata.

«Vostra sorella. Si è presentata alla guardiola».

«Mia sorella? Santo Dio!»

«Non sembrate contento».

«Come no? Sono entusiasta».

Poi, dopo un momento: «Entusiasta. Ma non potreste dirle che sto soffrendo le pene d'inferno e che posticipi la visita di qualche giorno?»

«Ma tenente, le ho appena detto che siete in piena forma! Aveva un'aria così preoccupata, poverina. Mi ha perfino domandato se non avevate perso un braccio o una gamba. Le ho risposto che non vi è successo niente di così grave e che siete tutto intero».

«Intero, le avete detto intero?»

«Ma certo, tenente».

Quella donna ne aveva viste troppe, aveva perso il senso della realtà.

«Sbrigatevi! Vi aspetta ed è così felice al pensiero di vedervi!»

Mi veniva da vomitare. Mi sono vestito tremando. Penanster mi ha prestato la sua benda più grande. Ho ripensato a Levauchelle; mi sono ripromesso di non perdere la dignità e di non soffrire, qualunque cosa accadesse.

L'ho scorta in fondo al corridoio. Mi è parsa così piccina, non stava ferma un momento, mangiandosi le unghie. Aveva messo un bel vestito, per me. Avrei tanto voluto risparmiarla, ma era troppo tardi, non potevo più tirarmi indietro. Probabilmente è stato il mio passo esitante, in quel corridoio inondato dalla luce del cortile dei convalescenti, ad attirare subito la sua attenzione. Mi è venuta incontro con la sua andatura di ragazzina di buona famiglia.

Poi ho visto che si portava le mani agli occhi, prima di venire ad accasciarsi sul mio petto. Sono rimasto immobile.

Ci siamo seduti nel parlatorio, l'uno accanto all'altra. Lei ha posato la testa sulla mia spalla e siamo rimasti così per molto tempo, muti come due amanti in attesa del treno che li separerà.

Le ho parlato a lungo di lei, dell'adolescente che avevo lasciato, della donna che avevo appena ritrovato. Le ho ricordato i nostri litigi infantili, le nostre dispute.

Prima che se ne andasse, le ho raccomandato di prendersi cura della nostra famiglia. Le ho fatto notare che mi aveva riconosciuto, e che non tutti i miei compagni avevano questa fortuna.

Se n'è andata, barcollante, promettendomi di tornare presto.

Mi sono domandato se ne avrà la forza.

Mia madre si fece viva qualche settimana dopo.

Come suo solito, si agitò, curiosando in ogni direzione. Mi subissò di notizie insignificanti, stese un elenco esaustivo delle mie ferite, prese disposizioni di ordine pratico. Tutto ciò che concerneva la concretezza attivava il suo ottimismo.

Mia madre era esasperante e rincuorante a un tempo, incapace com'era di dare agli eventi la minima intensità drammatica.

Suo figlio non era stato sfigurato. Era stato tutt'al più privato di certe parti del suo organismo che rivelavano, tutto sommato, di non essere indispensabili.

L'intelligenza limitata di mia madre era sopravvissuta all'ombra della personalità di mio padre. Scomparso quest'ultimo, lei aveva ritrovato la sua vera natura: quella di uno scoiattolo sempre indaffarato per timore dell'inverno.

*

L'anno 1917 passò senza fatti notevoli e, per noi tre, sotto il segno di una perfettissima uguaglianza. Due operazioni ciascuno.

Le giornate non finivano mai, oziose, senza emozioni. La grande offensiva del generale Nivelle ci strappò a quel torpore. La carneficina fu tale che, per la prima volta, fu necessario sistemare degli sfigurati nei corridoi. Sempre per la prima volta, percepimmo la voglia di ribellione e il rancore di soldati che erano stati mandati al massacro per niente. Anche gli ufficiali non avevano più quel bell'orgoglio del compito necessario e non si esimevano, perlomeno coloro che ne erano ancora in grado, dall'inveire contro quello stato maggiore di coglioni.

L'entrata in guerra degli americani acquietò gli animi; forse ci si avviava alla fine.

L'odore dell'etere, anche all'altro capo di un corridoio, mi faceva star male; era il solo odore che trovavo insopportabile.

Il chirurgo si adoperò per farmi una bocca funzionale. Il risultato non fu all'altezza delle sue aspirazioni, e la mia vita quotidiana non ne fu modificata in modo significativo.

Marguerite fu mandata in licenza prolungata verso la fine dell'estate del 1918. Il chirurgo era riuscito a consolidare l'ossatura portante, che era stata meno danneggiata rispetto a quanto era capitato a noi, quantunque il suo aspetto non fosse migliore del nostro. Ritenne utile concederle una tregua di qualche settimana prima di passare, secondo la sua espressione, alle 'finiture'. Noi nutrivamo il massimo rispetto per quei medici che, a loro volta, ci trattavano con tutti i riguardi. Ciò non toglie che i loro risultati in materia di 'finiture' non fossero all'altezza delle loro aspettative, nonostante i notevoli progressi compiuti durante la guerra.

Marguerite veniva a farci visita due volte la settimana e adesso trascorrevamo con lei più tempo di quando era ricoverata, ovvero di quando le infermiere tendevano a impedire i contatti fra lei e la nostra comunità maschile di sfigurati.

Penanster parlava della lunga licenza della nostra amica come di una punizione, essendo convinto che il nostro piccolo mondo fosse il solo in cui noi eravamo al sicuro.

Marguerite era tornata a casa dei suoi senza avvisare. Aveva suonato alla porta di servizio. La domestica, che non la conosceva, scambiandola per un'ambulante, le sbatté la porta in faccia. Lei andò allora a suonare alla porta principale. Le aprì un vecchio domestico. Quella sera i suoi genitori davano un ricevimento. Il vecchio, che era al servizio della sua famiglia da oltre quarant'anni, fece l'atto di arretrare, poi si portò la mano alla bocca, ma lei poté leggere distintamente sulle sue labbra: «Oh! signorina Marguerite, sono davvero sconcertato, ma non vi aspettavamo... Cosa dire... vado... ad avvisare la signora e il signore».

Comparvero i suoi genitori, in tenuta da gran sera. Non manifestarono la minima amabilità. Dopotutto, pensò Marguerite, perché oggi più di prima? Nemmeno il loro disagio la sorprese: come non essere turbati davanti a simili ferite, e, per giunta, su un volto di donna? Ma quel disagio aveva un'altra origine: Marguerite scombussolava la serata. Si radunò il personale di servizio perché lei non rimanesse sola e non le mancasse niente, e come contropartita fu pregata di non muoversi dalla sua stanza. I suoi due fratelli fecero una rapida comparsa più avanti nella serata, ubriachi e spensierati. Entrambi erano stati riformati. L'uno per una tubercolosi che valeva bene una guerra; l'altro perché suo padre l'aveva fatto esentare, ritenendo che la probabile scomparsa di uno dei suoi figli bastasse, quanto a sfortuna. Nessuno dei due chiese alla sorella come stava, buttando lì con nonchalance: «Vedrai, Margot, i medici fanno miracoli, oggi come oggi».

E aggiungendo: «In ogni caso, avresti potuto dare notizie un po' più spesso; ci siamo preoccupati a morte. Be', ci vediamo domani. Ora godiamoci questa festicciola, questo tempo di guerra è così noioso».

La sera stessa, Marguerite prese la decisione di lasciare per sempre quell'amabile famigliola. Cosa che fece durante la notte. Era molto soddisfatta di sé, e del livello raggiunto in quella che lei chiamava 'labiolettura'. Si ritrovò a riflettere sul fatto che i suoi genitori non avevano perso l'abitudine di ascoltarsi parlare, al punto che non si erano nemmeno accorti che era diventata sorda.

Si recò in un alberghetto di rue Saint-Honoré e, da lì, si mise in cerca di una stanza che trovò l'indomani stesso. Nell'attesa di nuovi trapianti, riprese servizio come infermiera nell'ospedale Enfants Malades.

Un'ondata di feriti dopo l'altra, la guerra ci imponeva di nuovo il suo ritmo. Brevi periodi di calma si alternavano all'afflusso frenetico degli sfigurati. Stavolta, però, era cosa certa: tutti quei feriti annunciavano una vittoria prossima.

Io ero il decano del piano, colui che aveva trascorso

tutta la guerra in quell'ospedale. Ero diventato una sorta di oracolo per i nuovi arrivati che, non appena riprendevano coscienza, venivano a consultarmi per conoscere il seguito del programma.

Su sollecitazione degli anziani, la comunità dei feriti al volto cominciava a organizzarsi, a esprimersi.

Alcuni scrissero poesie in onore degli uomini senza volto. Altri realizzarono un giornaletto che intitolarono *La Greffe générale*,* la cui regolarità di uscita dipendeva dagli interventi chirurgici cui erano sottoposti i suoi redattori.

La notizia dell'armistizio, l'11 novembre 1918, scatenò un'esplosione di gioia al nostro piano. Ci abbracciammo tutti, alcuni erano scossi da singhiozzi irrefrenabili. Era anche un immenso sollievo: tutto quello che si era patito non era stato inutile. Nella gioia della vittoria, non ci siamo accorti che il ragazzo di Marsiglia che ci era stato portato due giorni prima e che, da allora, non aveva mai smesso di sbattere i denti, si era spento in silenzio nel suo cantuccio. Fu il nostro ultimo morto.

* Alla lettera: *Il trapianto generale*, dove *greffe* (trapianto) scimmiotta *grève* (sciopero). Di questo giornalino di sole quattro pagine uscirono otto numeri, nel 1917 e 1918. (*N.d.T.*)

Il 12 novembre, l'entusiasmo della vittoria era già sparito come d'autunno sugli alberi le foglie.

Ci figuravamo la smobilitazione, tutti quegli uomini che tornavano sani e salvi dalle loro famiglie. Finché erano là, al fronte, nel fango e al freddo, sotto la morsa della prossima offensiva, riuscivamo a considerarci quasi fortunati: loro rischiavano più di noi.

Adesso che i cannoni si erano zittiti, che schiere di soldati smobilitati ritrovavano i loro cari nell'allegria, noi ci sentivamo gli ultimi dei vivi.

Fra l'armistizio e la mia uscita dall'ospedale, sono trascorsi cinque mesi e io ho subito due interventi supplementari per 'calare il sipario', per chiudere quel pozzo che adesso era mio in eterno.

Ho lasciato il Val-de-Grâce il 4 aprile 1919, una mattina di primavera e di pioggia glaciale. I miei sedici interventi non mi avevano restituito un volto umano, e possedevo un ampio campionario di bende da corsaro per occultare le mie ferite.

Penanster e Weil sarebbero usciti qualche settimana più tardi. Al momento di separarci, ci siamo ripromessi di ritrovarci il più presto possibile, e per la prima volta ho visto una lacrima all'angolo dell'occhio del bretone.

Quanto a Weil, se n'è uscito con un'ultima smargiassata: «Ti rendi conto? Tutte quelle donne che ci aspettano dietro il cancello da quasi cinque anni!»

Il tempo ci tradisce. Mi aspettavo di ritrovare Parigi in festa per la vittoria. Avevo immaginato che i festeggiamenti si sarebbero prolungati fino al mio ritorno e che sarei sceso per boulevard Saint-Michel su un folto tappeto di cotillon e coriandoli. Invece, il mostro sembrava assopito.

Le donne l'avevano sorretto a forza di braccia. Apparivano sfinite da quell'esercizio solitario delle grevi responsabilità. In quella città tutta dedita alla sua attività ritrovata, gli uomini giovani e sani erano contati e apparivano quasi sospetti perché non si erano fatti ammazzare. Si sarebbe potuto pensare che, dopo una guerra totale come quella, avremmo conosciuto grandi rivolgimenti. Così non era, ciascuno ritrovava le sue abitudini come vecchie ciabatte. Quel ritorno alla normalità somigliava molto a un fatto da me vissuto qualche anno prima. Nell'autunno del 1912, le scuderie del castello di Peyrelevade avevano preso fuoco nella parte in cui si ammucchiava il foraggio. Chiamato a dare soccorso, come tutti i giovani dei dintorni, ricordo di aver portato fuori un grosso cavallo da sella i cui occhi sbarrati tradivano un terrore incontrollabile, al punto che rischiai di farmi strappare il braccio che teneva la cavezza. L'animale tremava aspergendosi della schiuma del suo sgomento. Pochi minuti dopo, brucava pacifico i bordi di un cespo di fiori.

È difficile parlare di convalescenza dopo quattro anni e otto mesi di prigione bianca.*

Sentivo di non avere ancora minimamente il coraggio di tornare in quell'appartamentino dove aleggiava il ricordo di Clémence. Ho dunque accettato l'offerta di mio zio Chaumontel di andare da lui a – secondo la sua espressione – rigenerarmi il sangue.

Il fratello maggiore di mia madre si era sposato in età avanzata con una donna molto più giovane di lui, che gli aveva lasciato tre figlie prima di spegnersi di tubercolosi nel 1911.

Le mie cugine, che uscivano appena dall'adolescenza, mi festeggiarono come un eroe. Tutt'e tre avvolgevano il loro cugino della stessa freschezza, della stessa cordialità. Le loro attenzioni mi davano il capogiro dopo quei cinque anni di universo maschile.

Ancora debole per la mia ultima operazione, mi misi su una sdraio di vimini sotto il grande cedro del Libano che dava al parco la sua regalità. Guardavo con lo stupore di un bambino il viavai di quella casa brulicante di vita.

Sembrava che l'attività non cessasse mai, il personale sempre in movimento apparecchiava tavole, disponeva mazzi di fiori. A mio zio piaceva che la sua casa fosse affollata e io ritrovavo quei pranzi domenicali che cominciavano a mezzogiorno per concludersi alle cinque e lascia-

* Allusione alla 'tortura della stanza bianca', in cui si induce nel prigioniero una forma di deprivazione sensoriale. (*N.d.T.*)

re gli invitati sparpagliati all'ombra degli alberi. Certo, il cibo non era quello che avevamo conosciuto prima della guerra, ma le bottiglie di Borgogna avevano approfittato di quegli anni per migliorare. La mia bocca non me ne restituiva il sapore, ma mi godevo l'ebbrezza e il suo illusorio benessere.

Mia madre e le mie sorelle ci avevano raggiunti per due settimane. Il pretendente della mia cugina meno giovane passava le giornate con noi. Quel paradiso ai bordi della Marna, a Nogent, contava diciassette stanze che non si svuotavano mai.

Avevo scritto al mio datore di lavoro, presso la casa Nallet-Grichard, per comunicargli il mio desiderio di riprendere il mio posto ai primi di luglio, data che mi sembrava il termine ragionevole della mia convalescenza. Non mi ero dilungato sulla natura delle mie ferite.

Il signor Grichard mi rispose per lettera che mi avrebbe ricevuto prima di quella data, per studiare le modalità della nostra futura collaborazione. Ci accordammo per un appuntamento a maggio.

Presi il treno fino alla gare de Lyon e, da lì, il tram fino a rue de Milan.

Non ero preparato alla brutale promiscuità dei trasporti parigini, e il mio primo istinto fu di fuggire gli sguardi della gente, nei quali mi sembrava di leggere un misto di pietà, di compassione e di imbarazzo.

La guerra era finita da sei mesi, ma i suoi residuati avrebbero continuato a circolare per molti anni. Lo sguardo dei miei concittadini mi faceva pensare che non erano ancora pronti ad accettarci.

Certi uomini, per lo più di età matura, manifestavano

la loro gratitudine togliendosi il cappello al mio passaggio. Nei tram, in metropolitana, i passeggeri si alzavano per lasciarmi il posto riservato agli invalidi di guerra. Io declinavo l'offerta dicendo ogni volta: «Vi ringrazio, non sono stato colpito alle gambe».

Naturalmente, la portinaia del 9 di rue de Milan non mi ha riconosciuto.

«Voi sareste?»

«Adrien Fournier, signora Robillard».

«Il giovane ingegnere arrivato qui nel marzo del '14?»

«Proprio così».

«Oh! mio Dio, non sapete quanto mi dispiace...»

«Non è il caso, signora Robillard, non è il caso».

Quante volte avrei sentito queste condoglianze da sopravvissuto!

«Avete un appuntamento?»

«Con il signor Grichard».

Il vecchio Grichard era un ometto che s'illudeva di crescere di statura assumendo un atteggiamento marziale. Era socio fondatore della Nallet-Grichard. Non mi era mai piaciuto molto. A parer mio aveva il candore della serpe.

Mi strinse la mano evitando di guardarmi negli occhi, mi fece sedere, prese una sigaretta, l'accese e, lo sguardo svogliatamente perso fuori dalla finestra, cominciò: «Signor Fournier, nella vostra lettera mi avevate annunciato che eravate stato ferito, ma non immaginavo fino a che punto. Chemin des Dames, Verdun, la Somme?»

«Un'imboscata nella Mosa, nel '14».

«Come? Non ho capito bene».

«Dicevo: un'imboscata nella Mosa, nel '14».

La mia dizione rimaneva difficile da interpretare, ma mi pareva di essere stato comunque chiaro.

«Un'imboscata nella Mosa nel '14 e uscite dall'ospedale soltanto adesso? Diavolo, ci sono andati giù pesante i crucchi! Una ferita grave?»

«Assolutamente...»

«Vi chiedo scusa...»

Per me era penoso pronunciare la doppia *s*, richiedeva una finezza di palato alla quale non potevo più aspirare. Dovetti ripetere: «Dicevo: assolutamente sì...»

Gli avrei fatto volentieri la linguaccia dal naso, ma avrei rischiato davvero troppo.

«Ah! sì, capisco. E secondo voi quanti mesi saranno necessari per la vostra guarigione?»

«Io sono guarito».

«Siete guarito. Scusate. Semplice domanda, beninteso. E vorreste riprendere servizio?»

«Proprio così, signore, vorrei riprendere il mio posto».

Lui si lisciò la barba, l'aria pensosa, poi continuò sottovoce, come volendo che io lo sentissi ma senza dare l'impressione che fosse lui a parlare.

«Difficile, difficile...»

«Vi chiedo scusa...»

«Dicevo: difficile. Per non nascondervi niente, la nostra situazione non è delle migliori. Noi facciamo opere d'ingegneria civile e, ovviamente, in tempo di guerra non si fanno opere d'ingegneria civile. Oggi, i danni provocati dal conflitto ci aprono nuove prospettive, ma la domanda è: chi pagherà? Le casse dello Stato sono vuote. I crucchi non hanno ancora versato un centesimo. Non è un problema da poco. E ne vedo anche un altro, signor Fournier. Non pensate, mi raccomando, a niente di personale, ma nelle vostre condizioni non posso più impiegarvi come ingegnere commerciale. Voi capirete la difficoltà. Niente di personale, Fournier, niente di personale. Non ho bisogno di un ingegnere tecnico: Plassard, che è stato riformato nel '14 per una insufficienza respiratoria, fa benissimo il suo lavoro; padroneggia perfettamente la materia e ci soddisfa appieno. Ha fatto molti progressi nel corso degli ultimi cinque anni. Come vedete, la vostra situazione pone reali problemi. Pensateci e, se non trovate soluzione da solo, noi cercheremo di fare uno sforzo. Ho in mente per voi qualcosa nell'ufficio progetti, se proprio non aveste un'altra soluzione. Non come ingegnere, purtroppo, ma qualcosa di conveniente, senza troppi contatti esterni. Pensateci, insisto, guardatevi intorno e, se proprio volete, ne riparliamo. In ogni modo, noi non lasceremo un eroe di guerra negli impicci, state pur certo».

«Signor Grichard» dissi, «vorrei insistere sul fatto che io sono un ferito di guerra. Non un invalido, un ferito di guerra».

«Non abbiate timore, ho ben presente la differenza. Lasciamo le cose così come stanno per il momento, se non vi dispiace. Vi riaccompagno. Date vostre notizie e noi decideremo. A presto, signor Fournier».

Presi il treno delle sette come se rincasassi dopo una giornata di lavoro. Strada facendo, pensai all'Africa come a una terra promessa. Immaginai quegli alti neri chini al passaggio del signore della guerra. Bisognava che riparlassi di quel progetto con Weil. E quelle occhiate... Quando tutta quella gente avrebbe smesso di guardarmi?

La famiglia al completo era a tavola sotto il grande cedro. Al mio arrivo, tutti si alzarono come un sol uomo e si misero ad applaudire, gli occhi pieni di lacrime. La maggiore delle mie cugine, Adèle, mi si buttò al collo. Mia sorella Pauline mi prese la mano, asciugandosi gli occhi con una manica.

Mio zio Chaumontel si avvicinò, un bicchiere in mano, deliziato al pensiero di darmi quella notizia di cui ritardava l'annuncio a bella posta: «Caro nipote, hai una lettera di Clemenceau».

Soddisfatto dell'effetto di quelle parole, proseguì: «Una lettera del Tigre in persona!»

Mi domandai cosa mai il presidente del Consiglio poteva scrivere a un ufficiale che si accingeva a reinserirsi in un ufficio progetti, uno sgabuzzino che riceveva la luce naturale tre ore al giorno.

Presi la lettera e la lessi ad alta voce. Tutti trattenevano il fiato.

L'intestazione era proprio quella del presidente del Consiglio. Lo stile era proprio quello di un'alta autorità. La prima notizia era che mi avrebbero fatto cavaliere della Legion d'onore. La seconda, che mi avevano precettato per far parte di una delegazione di grandi invalidi francesi che sarebbero stati presentati ai capi di Stato venuti a firmare il trattato di pace a Versailles.

Sapevo che quel momento sarebbe rimasto impresso per sempre nella mia memoria e ne provai un grande orgoglio. In un attimo, ero passato da un ufficio progetti al trattato di pace della guerra mondiale. Quella breve incursione nella storia del mio Paese suonava come l'atteso riconoscimento del nostro sacrificio.

L'evento fu festeggiato fino a notte fonda come una promozione all'esame di diploma. Tutta la famiglia mi circondava, mi coccolava come un figliol prodigo. Quel calore mi arrecò un conforto di cui cominciavo appena ad ammettere la necessità. Temevo che mia madre potesse sciupare quella meravigliosa serata con una di quelle frasi stupide che erano la sua specialità, ma così non fu.

L'indomani, chiesi a mia cugina di accompagnarmi fino al mio appartamento, dove speravo di recuperare degli abiti borghesi. La sua bellezza un po' sbarazzina mi avrebbe fatto da lasciapassare per attraversare Parigi. La usavo come esca per distogliere gli sguardi da me. Lei si prestava al gioco con grande condiscendenza, al punto di suscitare dei dubbi circa la vera natura del nostro rapporto, stringendosi contro di me sul tram.

Nessuno entrava in quell'appartamento dalla notte dell'agosto del '14 quando l'incontro con Clémence mi aveva indotto a ritardare la mia partenza.

L'ingresso dello stabile era come sempre in penombra. La portinaia ci dava le spalle e ne approfittai per allungare il passo sollevando Adèle, che si aggrappò alla mia spalla. Quello sforzo mi diede un giramento di testa. Capitava che il mio corpo mi ricordasse l'oblio in cui gli anni di Val-de-Grâce l'avevano fatto sprofondare. Con la scusa del disordine e della sporcizia di cinque anni d'assenza, chiesi a Adèle di farmi entrare nell'appartamento da solo.

Mi diressi direttamente verso la stanza, senza curarmi degli altri locali. La finestra era rimasta socchiusa, la brezza attraeva la tenda trasparente con piccoli risucchi irregolari. Il letto era ancora disfatto. Cercai nella mappa delle lenzuola un segno che testimoniasse che lei era tornata, che aveva soggiornato in quella stanza durante la mia assenza. Scrutai fin nei minimi recessi in cerca di una lettera, di un biglietto, di un pezzo di carta scarabocchiato, di qualunque cosa.

Invece non aveva nemmeno tirato su la coperta. Vedevo in ciò il segno di una partenza precipitosa per il senso di colpa, alla luce del giorno.

Sedetti sul bordo del letto e mi misi a piangere. Adèle entrò nella stanza, in punta di piedi, come se temesse di svegliarmi. Mi posò le mani sulla testa e, senza che il suo guardo incrociasse mai le mie lacrime, ripartimmo per Nogent.

Sulla via del ritorno, Adèle tentò mille volte di strapparmi al torpore, poi mi parlò del suo spasimante, dei propri dubbi circa i sentimenti del giovane. Capii che ero diventato una sorta di confidente e che la mia difficoltà a parlare mi predisponeva ad ascoltare gli altri.

Infine, come se fossi uomo di grande esperienza, e sebbene non fosse quello il genere di conversazione naturale fra un uomo e una ragazza, lei m'interrogò sui sentimenti amorosi, sulla vita quotidiana di una coppia e pose altre domande di cui non conoscevo la risposta. Per lei, ero un uomo di trent'anni. E invece ero uno che era rimasto tagliato fuori dal mondo per cinque.

La mia gioia di rivedere Penanster e Weil fu più forte di quella di essere invitato a presenziare a un evento storico. Riconobbi altri due compagni del Val-de-Grâce che avevo incrociato più volte al piano dei soldati semplici. Un'auto dell'esercito era venuta a prenderci agli Invalides per condurci a Versailles, dove si sarebbe firmato il trattato di pace.

Un ufficiale di ordinanza ci accompagnò guidando i nostri passi in mezzo alla folla di signori tutti con cappelli, civili o militari, che parlavano lingue diverse. Pensavo che, in quel palazzo, erano riuniti quegli uomini di tutte le nazioni, vecchi per lo più, che decidevano da soli delle guerre, e per motivi certamente assai diversi da quelli che avevano spinto noi a combattere. Ero meno impressionato dal fatto di figurare al fianco di uomini di Stato come Clemenceau che da quello di vedere i tedeschi di persona… e per la prima volta.

Mi ritrovai a immaginare la tristezza di essere ferito, come eravamo noi, ma al tempo stesso anche vinto, come lo erano i tedeschi. Ma questa riflessione era esente da ogni compassione, e sentii un fiotto di bile pervadermi quando la delegazione tedesca entrò nella galleria degli Specchi, con una rigida dignità destinata a controbilanciare il peso della sconfitta.

La galleria degli Specchi si presentava come una cattedrale in cui si erano dimenticati di innalzare l'altare. L'ufficiale di ordinanza ci portò da un ufficiale superiore, incaricato a sua volta di portarci dal presidente Clemenceau. A mano a mano che ci avvicinavamo al grande tavolo ufficiale, la mia apprensione cresceva come quella di chi prenda posto in un golfo mistico pur sapendo di non essere in grado di decifrare una sola nota.

Clemenceau fu il primo a scorgerci. Le nostre ferite,

assieme a una certa goffaggine, non passavano inosservate. Il presidente del Consiglio venne verso di noi, ci strinse la mano. Nel frastuono, sentii che diceva: «Voglio che vedano e che sappiano». Poi, rivolto direttamente a noi: «Voi eravate in un brutto posto, si vede». Una lacrima spuntò all'angolo del suo occhio.

Ci sistemarono di lato, come coristi alla funzione della domenica mattina, davanti alla delegazione tedesca che perciò non poteva ignorarci. La cerimonia delle firme fu lunga. Per due volte, dovetti dare una gomitata a Weil perché non si addormentasse. Fu una grande giornata, e uscii di lì convinto che quella che si concludeva quel giorno fosse proprio l'ultima delle guerre.

D'altro canto, i giornali lo dicevano: ciò che era stato imposto ai tedeschi in quella bella giornata del giugno 1919 ci metteva al riparo dalla guerra per sempre.

Nonostante l'insistenza di mio zio Chaumontel, il quale si augurava che io mi godessi più a lungo la sua casa, decisi di rientrare nel mio appartamento nel mese di ottobre. Tornavo comunque a Nogent a passare tutti i fine settimana, felice di ritrovare il calore delle mie cugine. Mia madre e le mie sorelle erano ripartite per il Périgord, dove mio nonno cominciava ad annoiarsi.

Il vecchio Nallet, cui era giunta voce che desideravo tornare al mio posto di lavoro, mi convocò in novembre. Quasi si scusò di non essere stato presente durante il mio colloquio con Grichard: in quel momento era nella Somme, dove tentava invano di trovare le spoglie di suo figlio, scomparso nelle paludi durante l'inverno del 1916. La guerra gli aveva preso quel ragazzo, e come se non bastasse rifiutava ai suoi genitori una sepoltura che l'avrebbe fatto loro sentire più vicino.

Contava sulla mia presenza per i primi di dicembre. Si sarebbe visto in seguito quale poteva essere la natura precisa del mio lavoro.

Fu così che ritrovai il mio appartamento e i suoi fantasmi.

Weil, fedele alla sua passione, trovò lavoro presso un costruttore di aerei e aveva un solo pensiero in mente: tornare a volare. Lavorava vicino al Bourget* e durante la settimana dormiva sul posto. Il sabato sera tornava dai genitori, dalle parti di Montmartre.

Passavamo regolarmente quella serata del sabato nelle bettole del quartiere, a tracannare lunghe pinte di birra e a fumare sigarette inglesi.

Penanster era tornato nel suo maniero bretone. Avevo sospettato che volesse ritirarsi dal mondo entrando nei francescani, ma, per il momento, si dava un gran daffare per creare un'associazione destinata a raccogliere e aiutare i compagni che in guerra avevano sacrificato il loro aspetto. Weil riteneva che la generosità del nostro amico avrebbe avuto la meglio sulla tentazione della reclusione. Penanster ci scriveva spesso. Si percepiva in lui un'esultanza nello scrivere, si capiva che attribuiva alla scrittura un ruolo primario nell'esternazione dell'amicizia. Né Weil né io avevamo simili inclinazioni e, se non eravamo sempre capaci di reggere il ritmo di quegli scambi epistolari, lui non ce ne faceva una colpa. Le sue lettere conti-

* Un aeroporto parigino. (*N.d.T.*)

nuavano a pervenirci con regolarità, diffondendo sempre lo stesso calore. Lui gestiva la sua proprietà che, se non fruttava molto, gli permetteva comunque di avere di che vivere.

Fu l'inizio di un periodo in cui eravamo spesso contattati dal ministero della Guerra, che ci inviava regolarmente inviti a teatro, all'operetta, ai concerti. Avevamo i posti riservati in tutti gli spettacoli di Parigi. Eravamo uno spettacolo nello spettacolo, con i volti bendati che si stagliavano nella sala e sui quali, nell'intervallo, si concentrava l'attenzione del pubblico. Alcuni scoprivano soltanto in quel momento ciò che quella guerra aveva avuto di spietato. A volte, nel silenzio, si sentiva il sibilo che emetteva respirando uno dei nostri compagni, a causa delle lesioni interne provocate dai gas.

Io mi stavo appassionando alla musica e non esitavo a scambiare un posto per l'opera buffa con uno di un concerto.

Il 14 dicembre, al teatro degli Champs-Élysées davano il *Requiem* di Fauré. Weil aveva declinato l'invito ed eravamo soltanto in due a occupare le poltrone riservate ai grandi invalidi. Riconobbi il mio vicino che, per quel che ne sapevo, era il solo essere umano ad aver perso contemporaneamente entrambe le orecchie a causa di un'esplosione. Avevamo diviso la stessa stanza durante l'estate del '17. Gli sussurrai qualcosa, senza aspettare risposta poiché ricordavo che aveva perso anche l'uso della parola. Lui riuscì nonostante tutto a sorridere e a palesarmi la sua gioia di rivedermi. Gli chiesi il suo recapito, informandolo che Penanster stava costituendo un'associazione nella quale ci auguravamo di inserirlo. Lui lo scribacchiò su un pezzetto di carta e aggiunse, in fondo al foglio: «Li abbiamo fottuti, eh?» Per tutta risposta gli strinsi con forza il braccio.

Poi, la musica ci avvolse.

Amavo quel *Requiem*, mi faceva piangere. Nulla da spartire con quelle lacrime che ci tradiscono in pubblico quando la commozione ci travolge. E nemmeno con quelle che ci annientano nella solitudine della nostra angoscia. Quelle lacrime scaturivano dall'incontro fra il meglio dell'uomo e il ricordo degli orrori che avrebbero potuto condurre l'umanità alla rovina.

Lei era lì.

Il suo viso mi si parò davanti come la prua di una nave qualche istante prima di una tragica collisione. Il suo profilo perfetto pareva fluttuare nel chiarore. Il suo sguardo, in controluce, mi offriva colori che non avevano mai lasciato la mia memoria.

Mi sentii sprofondare nella follia. Mi tornò in mente la tragica storia della madre di Penanster. Fino a quel momento mi ero illuso di essere riuscito a opporre alla fatalità una resistenza quasi giocosa, ma il mio animo non era forte fino al punto di affrontare la realtà di quella donna, resa ancora più bella dalla maturità.

Se Dio esisteva, mi auguravo che venisse lì, ora, a togliermi la vita. La mia testa piombò sulla spalla del mio compagno, il quale capì che stavo male. Si offrì di aiutarmi, ma io gli presi la mano e gli assicurai che andava tutto bene. Poi, mi insinuai tra la folla per raggiungere l'uscita. Alzandomi, sentii lo sguardo di lei posarsi su di me, poi tornare all'orchestra con la stessa noncuranza che avevo riscontrato cinque anni prima. Probabilmente non le ricordavo nulla, se non che quella guerra si lasciava dietro dei rottami ambulanti.

Rimasi fuori per lunghi minuti, sotto la pioggia battente, fumando sigaretta su sigaretta. Quando il pacchetto fu completamente vuoto, tornai verso l'ingresso. La fine del concerto era vicina. Mi misi in cerca di un taxi e detti all'autista istruzione di aspettarmi. Squadravo tutte le donne che a una a una lasciavano il teatro, al punto di incutere spavento soltanto in virtù di quel viso scombinato che si tendeva, indagatore, nel buio.

Quando finalmente apparve, era al braccio di un uomo della mia età.

L'autorevolezza, la probabile buona educazione di quell'individuo non riuscivano a dissimulare una bramosia che Clémence, al momento, pareva decisa a respingere, evitando tuttavia l'offesa di un rifiuto categorico. Era dunque libera, se qualcuno la corteggiava... E quel tipo sembrava disposto a tutto pur di portarsela là dove lei non era propensa a lasciarsi condurre.

Quell'eleganza studiata, quella raffinatezza dell'uomo cui tutto era stato risparmiato mi parvero insopportabili, proprio al pari di quel gioco di seduzione che non accennava a concludersi.

Nel momento in cui sentivo l'odio pervadermi, Clémence licenziò il suo spasimante con quel gesto della mano cui ricorrono le donne per tagliar corto. Il ganimede l'accompagnò fino a un taxi che sostava a pochi metri da quello prenotato da me.

M'infilai nel veicolo ordinando all'autista di non farsi distanziare per nessuna ragione. Era una questione di vita o di morte. Capendo che c'era di mezzo una donna, lui rispose che non poteva promettermi niente, e che non voleva correre il rischio di procurare danni al suo veicolo. Gli promisi una grossa somma se riusciva a mantenere il contatto o una pallottola nella testa, parola di ufficiale, se lo perdeva. L'uomo, che sembrava troppo giovane per aver fatto la guerra, prese la mia minaccia molto sul serio, e si chinò sul volante come se volesse spronare la sua auto.

L'inseguimento durò quasi dieci minuti, sotto un diluvio di neve sciolta. Era la vigilia di Natale. Alla fine il taxi si immobilizzò in place de Breteuil. Clémence ne uscì e s'infilò in un bell'edificio, di cui spiai le finestre a una a una nella speranza di vedere quale si sarebbe illuminata. Nessuna si accese. Il suo appartamento doveva dare sul retro. Cosa importava, adesso conoscevo il suo indirizzo e mi sentii rassicurato.

Sul bordo della piazza, quasi di fronte al suo stabile, c'era una panchina di legno con l'intelaiatura metallica. Mi ci sarei seduto tutti i sabati e tutte le domeniche mattina. Il primo sabato era ancora una giornata di neve, fra Natale e Capodanno. Cadevano grossi fiocchi gonfi d'acqua. Raggiunsi comunque quello che sarebbe diventato il mio posto di osservazione. Mi ero infagottato in uno spesso cappotto di lana e in una sciarpa che mi nascondeva il viso.

Passarono ore senza che lei si facesse viva. In compenso, i suoi coinquilini notarono la mia presenza: guardavano con aria preoccupata quell'uomo immobile sotto la neve, probabilmente vinto dal freddo. Per non attirare troppo l'attenzione, lasciai il mio osservatorio, indispettito e di cattivo umore. Pativo le pene dell'inferno. Cominciavo a pensare che fosse capitata lì soltanto di passaggio e che non sarebbe ricomparsa se non dopo mesi. Oppure che fosse malata e costretta a letto per lunghe settimane. O che fosse semplicemente partita per la provincia.

La sera, come ogni sabato, raggiunsi Weil al nostro bistrot. Mi parve che avesse l'occhio più vispo del solito. Lui, al contrario, mi trovò spento e si preoccupò. Temeva una di quelle depressioni che minacciano tutti i grandi invalidi, e che spingevano ancora qualcuno a darsi la morte.

Lo rassicurai in proposito.

«Cosa succede, allora? In quattro anni e mezzo non ti ho mai visto così!»

«Una donna».

«Una donna? Sei impazzito, per caso? Adrien, sei mio amico, so quello che provi e sarò franco. È un lusso che non possiamo più permetterci, capisci? Dacci subito un taglio. Ti esponi a nuove sofferenze. Tu sai cos'è, l'amore, per gente come noi. È come se ci prendessero per l'intestino e ce lo srotolassero tutto. Sai che piacere?! Parlane con Penanster, ti dirà la stessa cosa. Sei come un soldato durante l'offensiva Nivelle, non hai alcuna possibilità».

«È una lunga storia. Un po' più complicata di come sembra, e smetti di parlarmi di bassa macelleria».

«Calmati. Adesso ordiniamo una bella bottiglia di Cahors. E poi, via... Vediamo il menu. To': ci sono le trippe. Mica male le trippe, no? Racconta 'sta storia, ti prometto di non farti la morale».

Una volta che ebbi terminato quella che d'un tratto mi sembrava la descrizione di un sogno, Weil domandò: «E cosa intendi fare?»

«Guardarla senza che lei mi veda».

«Sai come si chiama questo?»

«Vedere senza essere visti?»

«Sì. È una forma di voyeurismo. O di demenza».

«Allora le parlerò».

«Per dirle cosa?»

«Che la amo».

«E tu credi che una che ti ha mollato quando eri in pieno possesso delle tue facoltà, con un viso seducente e il prestigio del futuro eroe, si precipiterà nelle tue braccia? Dimenticala, ti supplico, dimenticala; è una donna che nemmeno ti merita».

«Credevo che avessi smesso con la morale».

«Non voglio che tu soffra. È ancora troppo presto. Ci sono un sacco di cose da fare. To', ne ho giusto una da proporti. Vorrei che ci associassimo per costruire un nuovo aeroplano. Un aereo per trasportare la posta. O delle merci. Un grosso biplano. Ho fatto un modellino. Passa da casa mia domani, se vuoi, e te lo mostro».

«Domani non posso».

«Un pranzo in famiglia?»

«No, un appuntamento galante».

«Con quella donna?»

«Abbiamo appuntamento, ma lei non lo sa».

«Adrien, stai uscendo di senno».

«Le parlerò o ne morirò».

La domenica, la neve aveva ripreso a cadere a larghe falde, spesse e collose, ovattando l'atmosfera e coprendo la mia panchina con una striscia cotonosa. Avevo raggiunto la mia postazione fin dalle sette di mattina per essere sicuro di non farmi sfuggire Clémence. Passarono due ore. Mi si seccava la bocca a causa delle sigarette che accendevo a ripetizione. Mi decisi a entrare nell'atrio, che attraversai a testa alta, ignorando la portinaia il cui volto si schiacciava contro il vetro.

Uscì dal suo gabbiotto come un pupazzo a molla dalla scatola.

«Cercate qualcosa?»

«Ho appuntamento con una signora» risposi con la massima disinvoltura.

«Che signora?»

«Una signora alta con i capelli biondi».

«E non sapete come si chiama?»

«Cosa importa il nome, io so chi è».

«E avete appuntamento a che ora?»

«Avevamo appuntamento cinque anni fa».

«Vi prendete gioco di me?»

«Ho la faccia di uno che scherza?»

Un'occhiata al mio viso la convinse di no.

«Be'» disse, «restate pure lì dove siete, se vi va».

Ero seduto sugli ultimi gradini della scala da più di tre quarti d'ora quando una bambina, scendendo di corsa, s'immobilizzò a qualche metro da me. Avrà avuto quattro o cinque anni. Erano secoli che non mi trovavo di fronte a un bambino, uno di quei bambini per i quali avevamo combattuto e che conoscevo così male. Lei percepì il mio imbarazzo e i suoi gesti divennero di una strana lentezza, come se fosse intenta a scomporre i propri movimenti. Quella bambina vestita a festa m'impressionava, con i suoi occhioni indagatori. Alla fine si avvicinò fino a un gradino da me e si mise a parlare piegando leggermente la testa.

«Ti hanno fatto male?»
«Sì, un po'».
«Erano tedeschi?»
«Sì».
«Ma adesso sono andati via».
«Sono andati via».
«Per sempre?»
Prima che avessi il tempo di risponderle, una ragazza l'aveva raggiunta e presa per mano.
Mi salutò, poi tirò la piccina che non riusciva a staccare gli occhi dal mio viso, come se cercasse di leggervi una di quelle pagine dei libri che si nascondono ai bambini.
Un'altra donna scendeva le scale a passo lento e regolare. Prima che comparisse, sentii il suono della sua voce che interpellava quella che doveva essere la governante della piccola. Riconobbi quella voce come familiare. La giovane governante e la bambina stavano già camminando nella neve.
Ero in piedi, davanti alle scale, e non so perché unii le mani mentre lei arrivava agli ultimi gradini.
Poiché si accingeva a superarmi, mormorai: «Siete in ritardo».
Lei non parve offesa, appena un po' sorpresa.
«Chi siete?»
«La prima volta che vi ho parlato, signora, voi non avete avuto la forza di respingermi. Le circostanze non erano le stesse, è vero, ma è possibile che mi permettiate di avvalermi di nuovo di quella libertà?»
Lei ci pensò su un momento, gli occhi fissi sul marmo dell'ingresso, poi domandò: «Ci siamo conosciuti prima della guerra, vero?»

«Credo proprio che abbiamo condiviso l'ultima notte di pace».

Il suo volto s'illuminò per qualche istante, poi si rabbuiò sotto la spinta della realtà.

«Adrien?»

«Sono io, sì, anche se l'aspetto esteriore è un po' provato».

Lei rimase muta per lunghi secondi.

«Se avessi saputo, io…»

«Non mi è mancato niente. Siamo stati circondati di tutte le attenzioni. È solo che, dopo quella notte, mi ero ritrovato a credere che… Mi hanno portato la vostra lettera all'ospedale; era piuttosto chiara, non lasciava molte speranze, e ancor meno indirizzi. Ho pensato molto a voi durante questi cinque anni».

«Come mi avete trovata?»

«Al *Requiem* di Fauré. Vi vedevo di tre quarti, voi mi avete visto senza vedermi. Gli sfigurati hanno questo di particolare: che li si nota, non si vede altro che loro, e, nello stesso tempo, non li si vede affatto. Allora vi ho seguita, come un cacciatore o come un maniaco. Volevo che voi sapeste che, nonostante le apparenze, io sono rimasto lo stesso».

«Sono così dispiaciuta. Se soltanto avessi potuto immaginare…»

«Non c'è posto per i sensi di colpa e la commiserazione».

Mi appariva così bella in quel controluce di scala, con il candore della pelle accentuato da uno sguardo che srotolava anni di ricordi.

«E il vostro pianista, quello che ci è valso quel primo incontro?»

«È morto».

«Ora sono io a dovermi dispiacere».

«È morto al fronte, di polmonite, nei primi giorni d'inverno del '14».

Fu allora che la mia mente fu attraversata da una strana associazione. Quella bambina che saltellava da un piede all'altro nella neve vischiosa... Non trovavo proprio il modo di affrontare l'argomento senza rischiare di ferire Clémence.

Lei non fece la minima domanda sulla mia ferita, ed era molto meglio così.

Facemmo qualche passo nella neve, preceduti dalla bambina e dalla sua governante. Un lungo silenzio s'intromise fra di noi.

Le domandai l'età di sua figlia.

Non era la vera domanda, ma lei mi dette la vera risposta.

«È nata nell'agosto del '15; non è vostro il sangue che le scorre nelle vene».

Il sogno era durato soltanto pochi istanti.

«Avei comunque dato tutto l'oro del mondo perché lei fosse un legame fra di noi» ripresi in tono smorzato.

«Non lo è».

La bambina si voltò e venne correndo verso la madre.

«Lo conosci, questo signore?»

«Lo conosco, ma tu torna dalla signorina Lormot».

La bambina mi sorrise, poi, saltellando da un piede all'altro, raggiunse la governante.

Clémence sembrava affranta e glielo dissi. Lei riprese: «Vorrei tanto che mi perdonaste».

«Perdonarvi cosa? Non siete stata voi a lanciare quella bomba. D'altronde, mi avevate abbandonato già prima che io fossi ferito. Non c'è dunque niente di cui rammaricarsi. E poi, la chirurgia sta facendo progressi a non finire. Pensate, uno dei miei compagni è stato ferito al viso durante le ultime settimane di combattimenti. Il cranio trapassato. Gli hanno appena innestato una costola sulla fronte. La ferita non si vede praticamente più. Forse un giorno potrò riavere quel viso che vi ha attratta...»

«Vorrei che rimanessimo amici».

«È come l'osso gettato al cane».

Ebbi l'impressione che questa frase le facesse molto male. Me ne scusai: «Perdonatemi, non era mia intenzione ferirvi. Volevo dire che a me nella vita rimangono solamente le briciole, granelli di soddisfazione. Non bastano a farmi vivere. Mi capita di dover colmare i vuoti con l'irrisione. A dirla tutta, non so se voglio diventare vostro amico. Non lo siamo mai stati. Io ho tre amici, oggi. Una donna e due uomini che hanno conosciuto le mie stesse sofferenze, le mie stesse umiliazioni. Formiamo una specie di club, e so che nessun disaccordo potrà mai separarci».

La neve rendeva il marciapiede scivoloso e lei si appoggiò al mio braccio.

«Devo confessarvi una cosa» disse. «Dopo la morte del padre di mia figlia, ho cercato di riavere vostre notizie. Nel marzo del '15, per la precisione, ho mandato un amico a portarvi una lettera. Gli avevo parlato di voi. Gli avevo detto che desideravo rivedervi. Non ero sicura dell'indirizzo. Non ricordavo nemmeno più il vostro cognome. Ma mi restava il ricordo del piano. L'ha portata, ma ha trovato la porta giusta? Sicuramente no, perché voi me ne avreste parlato se l'aveste ricevuta».

«Sono tornato nel mio appartamento soltanto nel giugno di quest'anno. Ho rovistato ogni centimetro nella speranza di trovare una vostra lettera. Non ce n'erano».

Lei sembrava imbarazzata e mi sorrise prima di tornare pensosa.

«E cosa dicevate in quella lettera?»

«Vi chiedevo semplicemente scusa per il biglietto che avevo lasciato andandomene e vi davo l'indirizzo al quale voi mi avete ritrovata».

«Non riuscivate ad abituarvi alla solitudine?»

«Avevo semplicemente voglia di rivedervi, di ritrovare quell'attrazione che esercitavate su di me».

«Adesso ho soltanto la repulsione da offrirvi, me ne dispiace davvero tanto».

«Non vi hanno fatto abbastanza male e cercate di farvene da solo?»

«Quelli di noi che sono sopravvissuti alle ferite sanno di essere condannati a un certo... realismo. L'uomo è fatto di carne e sangue. Quando il sangue cola e la carne è martoriata al punto di trasformare il nostro fisico, bisogna rassegnarci a vivere di cose semplici ed evitare entusiasmi che poi ci riportano inevitabilmente a ciò che siamo diventati in realtà. È per questo che accetto la vostra amicizia. Per realismo».

«Allora ci rivedremo?»

«Certamente...»

Non sono uno storico, e non ho intenzione di diventarlo. Il fatto di essere stati intimamente partecipi di un'epoca non ci dà il diritto di affermare che ne possediamo l'essenza, nemmeno dopo lunghi anni. Vorrei tuttavia prendermi la libertà di datare, se non un evento, quantomeno l'inizio di un'epoca, quella di una Francia che capitola davanti alla paura, che si cerca dei capri espiatori. Mi sembra che questo atteggiamento, proprio opposto al carattere di 'quelli del '14', abbia cominciato a imporsi a partire dagli anni Venti.

Anche i bambini erano cambiati. Ricordo un giorno in cui una decina di loro, seduti in un giardinetto, si sono messi a ridere di me facendo l'atto di tirarmi dei sassi. Durante tutti gli anni che erano seguiti alla guerra avevamo suscitato pietà, compassione, spesso imbarazzo... ma mai quella paura che ordina di difendersi da coloro che sono motivo di fastidio.

Nel 1924 mi sono sposato.

Lei aveva appena compiuto diciannove anni e io andavo per i trentaquattro. Era una compagna di collegio della mia cugina più giovane. Aveva un buffo cognome polacco, Skowronek, e io avevo inaugurato il nostro rapporto punzecchiandola a proposito di quel cognome che non si pronunciava: si starnutiva. Lei non smetteva di fare domande su di me a mia cugina. Mi considerava un eroe e mi dedicava un sacco di attenzioni. In particolare, non si stancava mai di ascoltarmi, nonostante la lentezza del mio eloquio. Le raccontavo per ore dei miei anni al Val-de-Grâce e lei mi stava a sentire con autentico piacere. Non parlava molto di sé, ma seppi da mia cugina che era figlia di un sarto ebreo polacco che si era stanziato in Francia all'inizio del secolo e di una giovane fin troppo bella.

Il sarto era morto durante le inondazioni del 1910 e la madre si era affrettata a mettere la figlia in collegio.

Ebbi modo di scoprire fino a che punto quella ragazza minuta e fragile fosse in realtà forte e risoluta. Quando poi le chiesi di sposarmi, ebbi la prova che era anche coraggiosa.

Il nostro matrimonio fu di un'allegria senza pari. C'erano i miei migliori amici: Marguerite, Penanster, Weil, e altri ancora che avevano condiviso i miei anni di segregazione sanitaria.

In occasioni di tal fatta, la nostra piccola comunità sprigionava una gioia di vivere che sorprendeva coloro che avevano intera la bocca per ridere. Bevevamo, mangiavamo e fumavamo oltre misura. Ma, soprattutto, ci gustavamo quella sensazione di estrema libertà che è appannaggio di quanti si sono liberati della loro immagine e che, grazie alla prossimità con la morte e alla coabitazione quotidiana con la sofferenza, hanno preso le distanze da tutto ciò che rende l'uomo piccino e gretto. Era raro che due sfigurati si incontrassero senza scambiare una battuta un po' spinta, una storiella salace. Un buonumore, il nostro, che impressionava la nostra cerchia alla quale mettevamo quasi soggezione con quella smania di presente.

Ero il primo grande sfigurato che trovava moglie, e questo suscitò una grande ondata di speranza tra i miei compagni. Dopo tutti quegli anni, riprendevo il corso di quella vita normale, di quel quotidiano così spesso screditati da quanti non sanno di quale fortuna godono.

La cosa più straordinaria è che negli anni che sono seguiti, tutti i miei compagni, alla fine, sono riusciti a sposarsi. Tutti salvo Marguerite, perché lei era una donna, e perché una donna sfigurata è un essere inconcepibile. Come unica ricompensa per il suo impegno nella causa degli uomini, Marguerite è rimasta sola fino al suo ultimo giorno.

All'indomani del mio matrimonio la vita si prese gioco una volta di più di uno dei nostri. Penanster salì sul treno notturno diretto a Brest. All'alba, confuse la porta che dava sui binari con quella della toilette e si ritrovò in pigiama sulla massicciata. Lo raccolsero con numerose fratture alle costole. Appena seppe dell'incidente, Marguerite, che era in vacanza dal ministero, dove si curava degli approvvigionamenti di protesi per gli ex combattenti, lo raggiunse per portargli il nostro sostegno. Andai anch'io, come Weil qualche giorno dopo. Non potevamo concepire che uno dei nostri potesse essere ricoverato da solo.

Anche l'anno 1926 fu un anno felice. Penanster e Weil si sposarono l'uno dopo l'altro alla fine della primavera e all'inizio dell'estate. Mia moglie dette alla luce una bambina sul finire del mese di giugno. Come diceva Penanster con quel tono inimitabile che imprimeva alle sue frasi, mostrandoci il suo profilo buono: «Siamo entrati in un grande periodo di normalizzazione».

Gli anni Trenta ebbero uno strano svolgimento. Mentre la Francia sprofondava nella crisi e nella tristezza, la nostra congrega di grandi invalidi moltiplicava le serate in cui si ballava e si giocava a carte, bevendo più di quanto si mangiasse, perché la masticazione restava un problema per molti di noi. Avevamo in comune la volontà di vivere il presente con intensità e di viverlo insieme, tra sfigurati, circondati da quelle famiglie insperate, in grandi tavolate che finivano sempre con delle partite a carte. I bambini passavano interi pomeriggi a guardare il punto che avevamo in mano da sopra le nostre spalle e attraverso la cortina di fumo delle sigarette che bruciavamo a iosa. La nostra piccola comunità sprigionava una fiducia e un'allegria che ci avevano resi famosi, e bastava che due o tre di noi partecipassero a una comunione o a un matrimonio perché la festa venisse trasformata da quegli uomini che non avevano più paura di niente perché non avevano più niente da perdere. Il nostro distacco faceva impressione: passavamo per saggi.

Nel 1926, la nascita di mia figlia mi immerse in una dolce euforia: lei era l'improbabile continuazione del mio essere. Questa gioia profonda arrivava dopo nove mesi di preoccupazione, per non dire di angoscia. Temevo che mia figlia nascesse con un viso deforme, retaggio della mia ferita. Per fortuna, la natura non si curava delle mie fisime.

La chirurgia estetica fece a quel tempo passi da gigante. Io fui sollecitato più volte a sottopormi a nuovi innesti di pelle e di cartilagine. Mi si prometteva un viso più armonioso. Non credo che sia stato il timore di soffrire per nuovi interventi né quello dell'odore dell'etere – a farmi rinunciare. Il viso che avevo era ormai il mio, era parte della mia storia.

Penanster sopperiva alle spese quotidiane grazie alle rendite che gli procuravano le sue terre bretoni. Quanto al resto, vi provvedevano la pensione d'invalidità e un'eredità.

Sebbene non mi sia stato concesso di contemplare alcuna delle sue tele di quel tempo, sapevo che Penanster consacrava molto tempo alla pittura. Quando lo si interrogava sul suo stile, lui parlava ridacchiando di 'espressionismo morboso'. Capii cosa intendeva molto tempo dopo, scoprendo un quadro di un tedesco, Otto Dix, un ex combattente che aveva dipinto raccapriccianti mutilazioni del volto basandosi sui propri ricordi di guerra.

Weil potenziava la sua azienda di motori di aereo con l'aiuto della moglie.

Marguerite, dopo le ore al ministero, lavorava in una casa di cura per alienati, uomini il cui intelletto era stato distrutto dalla paura durante la guerra di trincea. Consacrava la sua vita agli altri non potendo interessarli alla sua persona, ma senza mai cadere nella trappola di quei fanatici dell'altruismo che hanno spesso suscitato la mia avversione.

Alla fine, Clémence sposò un avvocato che entrò in politica. L'uomo aveva ben vent'anni più di lei; e io provai qualcosa di simile alla soddisfazione.

Dopo quella volta che ci eravamo rivisti, non mi ero più fatto vivo nel timore che la nostra storia potesse turbare la serenità della mia vita famigliare.

L'ho incontrata nel '28, per caso, durante una manifestazione di ex combattenti dove suo marito teneva un discorsetto enfatico.

Eravamo vicini, sotto una pioggerella che pareva scorrere sui suoi capelli senza bagnarli. Fu la nostra ultima conversazione.

Si lamentava a mezze parole di quel silenzio di quasi nove anni, e io cercai di spiegarle che avevo conosciuto mia moglie poco tempo dopo – cosa che non era del tutto vera – e che, tenuto conto delle circostanze, sarebbe stato difficile per me rivederla. La sua risposta mi fece l'effetto di una seconda ferita, quasi devastante come l'altra.

«Se foste tornato da me allora, com'era inteso quando ci siamo lasciati, non credo che questo oratore avrebbe preso il vostro posto».

Forse sono stati il nostro isolamento e il piacere delle nostre partite a carte sorbendo amaro di genziana a renderci ciechi alle prime avvisaglie della guerra. Non volevamo crederla possibile. Se avevamo sopportato tutte quelle sofferenze, lo avevamo fatto soltanto perché ci avevano convinti che la nostra guerra sarebbe stata l'ultima. I miei amici e io abbiamo fatto orecchie da mercante ai segni premonitori di un nuovo conflitto. Al ritorno di Daladier da Monaco, per noi la faccenda era chiusa: i tedeschi non avrebbero mai osato attaccarci. Anche quando avevano invaso la Polonia, noi abbiamo continuato a credere che qualcosa avrebbe salvato la pace.

Ne eravamo così convinti che, nella primavera del '40, siamo partiti tutti in carovana per il nord della Bretagna. I tedeschi sono entrati in Francia nel mese di maggio e hanno ributtato a mare l'esercito inglese, mentre il nostro si sparpagliava sulle strade. Poi il maresciallo Pétain ha ripreso le cose in mano: era il ritorno alla pace. Una buona pace per quanti volevano crederlo, e noi eravamo fra loro. Non avevamo alcun motivo per dubitare della buona fede del vincitore di Verdun. Poi, il vecchio ha cominciato a dare i numeri e la capitolazione si è trasformata in collaborazionismo.

Weil e io siamo tornati a Parigi in autunno, lasciando mogli e figli in Bretagna, sotto la protezione di Penanster.

Nel treno che ci portava verso la gare Montparnasse, leggevamo sulle facce della gente soltanto paura e diffidenza. Non ci volle molto perché nascesse in me la consapevolezza della duplice tragedia che stava vivendo la Francia: una disfatta militare quale non ricordavamo e i prodromi di una guerra civile fra le marionette di un esercito di occupazione e coloro che di lì a poco si sarebbero ricordati dei nostri sacrifici passati.

Uscendo dalla stazione, ebbi un malore e dovetti aggrapparmi con forza al braccio di Weil per non cadere. La prima volta che avevo incontrato i tedeschi era stato il giorno della firma del trattato di Versailles, che doveva garantirci la pace per sempre. In Bretagna, dopo la disfatta, non ne avevo visto l'ombra, ma a Parigi c'erano eccome.

La metropolitana era stipata. Non un posto a sedere. Eravamo stretti gli uni contro gli altri nel rumore e nel sudore. D'un tratto, due giovani ufficiali tedeschi si alzarono dagli strapuntini su cui erano seduti e ci offrirono i loro posti. Uno di loro ci fece perfino il saluto militare.

Questa cortesia dei vincitori mi raggelò il sangue al punto che costrinsi Weil a scendere alla prima stazione.

Misi ordine nei miei affari, passai dal mio ufficio per concordare la prassi da seguire e, quando mi informarono che l'azienda rischiava di essere requisita dai tedeschi, con ingegneri e tutto, io decisi di mettere insieme tutti i miei risparmi e di tornare in Bretagna ad aspettare giorni migliori.

Penanster ci fece vivere con i suoi raccolti, di cui riusciva abilmente a nascondere la rilevanza alle truppe di occupazione. Abbiamo dunque vissuto tutta la guerra a Lanloup, tra Paimpol e Bréhec.

Weil venne a riprendersi la famiglia all'inizio dell'inverno del '41 per riportarla a Parigi: aveva bisogno dell'aiuto della moglie per continuare a mandare avanti la sua piccola azienda, anch'essa requisita. Ci scriveva regolarmente. Le sue frasi gli somigliavano. Aveva serbato il distacco dei primi giorni, quella distanza nei confronti degli eventi che lo proteggeva. Tuttavia, le sue lettere ci preoccupavano sempre di più. Ci mise un po' a decidersi a parlare di quella che lui chiamava già 'la questione ebraica'. E, come un giornalista, si limitò a descrivere i fatti. Le vetrine, le scritte sui negozi, le vessazioni, la stella gialla...

La sua ultima lettera, datata maggio '42, si concludeva con una frase che lui soltanto poteva scrivere: «Miei cari amici, è per me un piacere prendere atto che tutta questa agitazione non riguarda me personalmente, e nemmeno i miei del resto. Non vedo come potrebbero prendersela con un uomo – e con la famiglia di quest'uomo – che si è fatto piallare la faccia per la Francia al punto da perdere quello che è il segno distintivo esteriore del canagliume».

Marguerite aveva un primo cugino che lavorava nella prefettura di Parigi. Ai primi di giugno, quell'uomo le fece capire che stava per succedere qualcosa. Marguerite ci scrisse in Bretagna per metterci a parte delle sue preoccupazioni.

Rivedo Penanster che varca il cancelletto della nostra casa di pietra una mattina di pioggerella, si siede in sala da pranzo e mi dice, mentre io gli riscaldo una specie di caffè: «Adrien, bisogna che ti prepari a partire per Parigi con me. Dobbiamo andare a prendere i Weil prima che sia troppo tardi».

Non avevo, a dire il vero, mai immaginato che l'antisemitismo potesse essere causa di morte. E devo confessare che allora pensavo che Penanster esagerasse decisamente quando parlava di campi. Io riuscivo a immaginare campi di prigionieri civili, ma niente di più. Penanster mi confidò allora che lavorava per i servizi segreti inglesi, e che uno dei suoi contatti gli aveva confermato che i tedeschi mandavano gli ebrei là a morire.

Non era davvero più il caso di perdere tempo in chiacchiere.

La spedizione fu organizzata nei primi giorni del mese di luglio. Uscire da Parigi fu piuttosto complicato. L'operazione riuscì grazie all'aiuto di un funzionario di polizia bretone, corrispondente di Penanster nella capitale, che con la sua auto portò Weil, sua moglie e i due figli fino a Maintenon. Da lì, facemmo attraversare loro la Francia verso ovest.

Penanster sistemò i Weil nello scantinato di alcuni vecchi capannoni agricoli al limitare del bosco. Ne uscirono soltanto due anni più tardi, alla Liberazione.

In quei due anni riprendemmo le nostre abitudini. Ogni giorno, Penanster e io raggiungevamo Weil per una partita a carte. «Cinque più due fa sette anni di reclusione» si divertiva a ripetere Weil. «Per un uomo che non ha niente da rimproverarsi, è comunque da non credere, no?»

Una mattina dell'estate del '44, Ernestine, l'anziana domestica di Penanster, la sola che condividesse con noi il segreto del nascondiglio dei Weil, alzò la botola sotto lo strato di fieno e ci annunciò in tono monocorde, senza la minima emozione: «La guerra è finita, signori e signore, e i tedeschi non ci sono più».

Weil buttò giù l'ultima carta che aveva in mano. Poi si alzò, spinto da un riso folle mescolato a lacrime che lo scosse fino a farlo soffocare e gli impedì di aprir bocca per parecchi minuti. Quando poté finalmente parlare, ci disse: «L'ultima delle ultime!»*

Abbiamo condiviso quella risata che metteva fine a sette anni di un isolamento singolare, strano pezzo teatrale a doppia ambientazione: una stanza di ospedale militare e lo scantinato di un fienile bretone.

* In francese, l'espressione diventata proverbiale: *La Der des Ders*: L'ultimissima (guerra). (*N.d.T.*)

Già sul finire della guerra, Penanster soffriva di vertigini, momenti di assenza, perdite di memoria, conseguenze delle sue ferite. Nella primavera del 1946 andò nel Vercors per una sorta di pellegrinaggio con un gruppo di resistenti. Una sera dopo cena lasciò l'alberghetto dell'altopiano in cui alloggiava con il suo gruppo per una passeggiata digestiva. La mattina seguente, non era rientrato. Lo ritrovarono nel tardo pomeriggio in mezzo ai rovi, in fondo a un burrone, morto. Aveva in mano un fazzoletto con le sue iniziali ricamate. Il sangue e le ferite alle ginocchia indicavano che aveva fatto più di una caduta nel suo smarrimento prima che lontane luci simili a quelle dei naufragatori* bretoni l'attirassero sul fondo di un abisso.

* Chi provocava naufragi accendendo fuochi ingannevoli che, soprattutto nelle notti tempestose, attiravano le imbarcazioni verso bocche di porto inesistenti facendole invece finire sugli scogli per poi depredarle del carico. (*N.d.T.*)

Gli facemmo funerali grandiosi nella cattedrale di Saint-Louis des Invalides.

Eravamo in piedi, Weil e io, alla destra del feretro, faccia alla navata. Marguerite, affranta, era seduta in prima fila. I vecchi compagni arrivavano uno dopo l'altro. Quando furono tutti sistemati, si videro entrare, incorniciati dal portone, dei giovani. Alcuni avevano la testa fasciata. Altri non si facevano scrupolo di esibire le ustioni. Aviatori, molti aviatori. Tutti avevano un'aria giovanile. Avanzavano, intimiditi dai vecchi. C'era grande tristezza nei loro sguardi.

Mi strinsi contro Weil e gli domandai: «Cosa possiamo fare, adesso?»

Lui rimase a lungo in silenzio prima di rispondere: «Insegnare loro l'allegria».

MISTO
Carta | A sostegno della gestione forestale responsabile
FSC® C021883
FSC
www.fsc.org

Questo libro è stampato col sole

Azienda carbon-free

Fotocomposizione: Alessio Scordamaglia

Finito di stampare
nel mese di agosto 2024
per conto della Adriano Salani Editore s.u.r.l.
da Grafica Veneta S.p.A. di Trebaseleghe (PD)
Printed in Italy